나는 너에게 10년 치의『　　　』을 전하고 싶어

아마노 아타루 지음
fusui 일러스트
구자용 옮김

제우미디어

나는 너에게
10년치의
「 」을 전하고 싶어

아마노 아타루 지음
fusui 일러스트
구자용 옮김

JMbooks

부디, 제발 부탁드립니다.

부탁이니, 오늘을 제 인생 최악의 날로 만들지 말아 주십시오.

지금까지 믿은 적도 없는 하느님에게 나는 필사적으로 간절하게 빌었다.

지금 막 내리기 시작한 게릴라 호우가 렌즈 너머의 시야를 빼앗고, 붉은빛을 흩뿌리는 사이렌 소리는 나를 기다리지 않고 무정하게 멀어져 갔다.

눈앞에는 버스 정거장에 줄지어 선 우산의 무리.

냉정하게 생각하면 버스에 타는 게 확실히 빠르다. 그런데도 머리끝부터 발끝까지 혼란에 지배된 나는 멈춰 서서 느긋하게 버스를 기다린다는 수단을 선택할 수 없었다.

빨리, 1초라도 빨리.

뇌가 끊임없이 경고하는데도, 가죽구두는 생각 이상으

로 달리기 불편하고, 슬랙스 바지는 굽히려고 하는 관절을 방해했다.

평소에 사무직인지라 기초체력은 바닥으로 떨어져 있었고, 이럴 때 생각처럼 몸이 움직여주지 않는다는 것이 지금의 부조리한 운명 다음으로 증오스러웠다.

쓸데없이 숨을 헐떡이는 사이에 놓치지 않겠다며 쫓고 있던 붉은빛이, 억수 같은 비 저편으로 스르륵 녹아들며, 보이지 않게 되어갔다.

아아.

아아, 아아.

안 돼, 떠나지 말아줘.

흠뻑 젖은 가방을 휘두르며, 깊은 물웅덩이를 몇 개나 날려버린 나는 가차 없이 쏟아지는 빗속에서, 그녀의 이름을 몇 번이고 외쳤다.


사귄 지 3년째가 되는 나의 여자친구, 츠루기 미츠루는 도쿄에 인접한 사이타마현에 거주 중. 가장 가까운 역에서 버스로 10분 거리에 있는 도로 옆의 쇼핑센터, 그 안에 자리 잡은 애완동물 가게에서 일하는 동물과 다육식물을 사랑하는 조금 수줍음 많은 두 살 아래의 여성.

그에 비해서 나는, 도내에서 일하는 엔지니어로 개와 산책하는 것과 음식을 먹으며 걷는 것이 취미인 26세 남자.

연애가 안정되면 일반 세상 사람들은 결혼을 의식하는 모양인데, 나도 그와 다르지 않게 초기부터 잘 사귀어 왔던 그녀에게, 언제 프러포즈를 할지 최근이 되어서 고민하기 시작했다.

직장 선배들에게 동거 없이 프러포즈를 하나, 프러포즈하기 전에 동거하나를 선택한다면 어느 쪽이 좋으냐고 물어보니, "이제 와서?"라고 야유를 날리면서도, 동거하는 쪽을 강하게 추천해줬다. 같은 지붕 아래서 고락을 같이 겪어봐야 유대감이 더 깊어진다든지, 결혼의 예행연습이 된다든지 좋은 점과 나쁜 점을 포함한 경험담은, 나에게 더더욱 의욕이 나게 해주었다.

마음 단단히 먹고 그녀에게 동거를 제안한 게 올해 봄. 아무래도 그녀 쪽에서도 슬슬 그럴 때라고 생각하고 있었던 모양인지, 금방 기쁜 대답을 들을 수 있었다.

그 뒤로 두 사람이 같이 부동산을 여러 군데 돌면서, 둥지를 찾은 게, 미츠루의 직장에서 도보로 20분 정도에 건축 연수도 얼마 되지 않는 이상적인 아파트였다.

널찍하고 양지바른데다가, 애완동물 허용에 방 2개짜리

구조의 복도 끝 집, 베란다에서는 우리가 항상 산책하는 코스인 몇 킬로 앞에 있는 하천부지의 풍경이 잘 보였다.

유유히 흐르는 강이 햇살을 받아 빛나는 모습이 아름다웠고, 보고 있으면 온화한 감정이 느껴지는 그곳의 전망이 우리는 무척 마음에 들어서, 망설임 없이 결정했다.

주위에서는 이사할 때 이런저런 의견의 차이 때문에 고생한다는 충고를 들었는데 그런 일도 벌어지지 않았고, 동거의 준비는 즐겁고 순조롭게 진행되었다.

그리고 지난달 상순, 나는 애견과 함께 오래 살아 정든 본가를 나섰다. 사정이 있어서 뒤늦게 이사 오는 그녀를 기다리는 형태로 먼저 입주를 끝내고, 미츠루와 같이 살 날을 무엇보다 기대하며 생활했다.


7월 상순의 금요일 밤.

오랜만에 정시에 퇴근한 나는 마찬가지로 내일이 휴일인 미츠루를 집으로 초대해, 저녁을 같이할 약속을 했었다.

미츠루가 무척 좋아하는 카레의 재료를 역 앞 슈퍼에서 산 뒤, 쇼핑센터가 폐점하는 시간에 맞춰 일을 끝낸 그녀를 마중하기 위해서, 푸드 코트 바깥에 설치된 벤치에 앉아 금방 들려올 종종걸음 소리를 기다리고 있을 때였다.

머리 위에서 뭔가가 빛난 것 같은 기분이 들었다.

문득 하늘을 올려다보자, 짙은 반물색이어야 할 그곳에 묵직한 먹구름이 몰려와 있었다. 때때로 옅은 빛이 번뜩이고 불쾌한 소리가 뒤를 따르더니, 다시 잠시 시간을 두고 빛났다.

당장이라도 쏟아질 것 같은 기미다. 그러고 보니 일기예보에서 저녁에 천둥과 번개를 동반한 비가 내릴 가능성이 있다고 말했던가?

이거 안 되겠어. 나는 형광의 빛이 천천히 흐르는 가게 안으로 들어가, 가게 앞에 진열되어 있던 비닐우산 두 개를 재빨리 잡아들고 가방을 뒤지면서 계산대로 향했다.

폐점 직전이라 가게 안은 한산했으며, 남은 손님도 나를 포함해 몇 명 정도.

그런데, 뭘까……, 가게의 이곳저곳이 어딘지 모르게 소란스럽다고 할지, 살짝 당황하고 있는 기색이 느껴졌다. 기분 탓일까?

정체를 알 수 없는 위화감에 의문부호를 띄우고 있자, 어디선가에서 찾아온 불온한 사이렌 소리가 시선을 잡아끌었다. 하얀색 바탕에 붉은 라인이 있는 커다란 차체가 가게 앞을 가로질러, 주차장 쪽으로 꺾는 게 보였다.

"무슨 일이 있었습니까?"

거스름돈을 받고, 아르바이트 중인 젊은 점원에게 물어보았지만, 그도 제대로 파악하지 못한 모양인지 무뚝뚝하게 "글쎄요?"라고 대답할 뿐이었다.

조금 지나서 빗방울이 뚝뚝 떨어지더니 단숨에 굵은 빗줄기가 마른 지면을 때리고, 바깥의 풍경은 양동이를 뒤집은 것처럼 확 바뀌었다.

아아, 내리기 시작했어. 이건 지독하네······. 어쩌면 미츠루, 출입구에서 우왕좌왕하고 있을지도 몰라. 그런 생각이 든 순간, 이번에는 몇몇 남성 종업원이 혈색이 바뀌어서 비가 억수같이 쏟아지는 바깥으로 우산도 쓰지 않고 차례차례 뛰쳐나가는 모습이 시야에 비쳤다.

"지금, 구급차에 태우고 있어."

"머리에서 피가 나고, 의식불명이라고······."

"범인은 경비가 잡은 모양인데, 여자가······."

멍하니 있는 내 귀에 들어온 것은 흉흉하기 이를 데 없는 말들.

대체 무슨 일이 있었던 거야? 외부인이라고는 해도 신경이 쓰여서, 한 사람, 또 한 사람 허둥지둥 달려가는 종업원들의 움직임을 눈으로 좇고 있었더니.

"어……, 누구?"

"애완동물 가게의 젊은 여자라고……."

"뭐?! 말도 안 돼."

등 뒤에서 들린 대화에 몸이 굳었다.

애완동물 가게. 젊은 여자. 구급차. 머리에서…………

피.

의식불명──.

몇 초 전에 지나간 단어와 지금 들은 단어가 머릿속에서 멋대로 연결되어갔다.

그때부터 욕지기를 자극하는 불길한 예감이 슬금슬금 퍼지더니, 금방 산 우산도 받아들지 못하고, 뭐에 홀린 듯이 나도 가게 바깥으로 뛰쳐나갔다.

휴대전화를 꺼내고 귀에 댔다.

길고 긴 무기질적인 벨소리는 끊이지 않고, 그와 연동해서 불안감도 확장되어갔다. 그러는 가운데, 주차장 안에 세워져 있던 구급차가 출발했고, 나를 지나쳐갔다.

그 앞에는 우산을 쓴 사람들과 형광 색상의 비옷을 입은 사람들이 인산인해를 이루고 있었다.

전화벨 소리는 귓가에 아직도 계속되고 있다.

······설마.

훅······ 하고 촛불이 꺼지는 듯한 불길함이 등줄기를 쓸고 지나가고, 휴대전화를 쥔 손바닥에 땀이 고였다.

아니, 그럴 리가 없어.

절대 아니야——.

다른 사람이다——.

초조함과 불안감이 엉망진창으로 뒤엉켰다. 나는 튕기듯이 어수선한 인파에 몸을 쑤셔 넣고, 밀어젖히고, 가르면서, 그리고————. 목격했다.

새빨간 원뿔 표식, 검은색과 노란색의 폴로 격리된 '사고현장'을.

아스팔트에 흠뻑 묻은 페인트 같은 붉은색.

완전히 망가져서 피에 잠긴, 익숙한 하늘색 휴대전화.

귀여운 개와 고양이 스티커가 붙어있는 명찰이 널브러져 있다.

목 안이 옥죄어졌다.

무거운 슈퍼의 봉지가 손가락에서 미끄러져 떨어지고, 지금도 계속 퍼지고 있는 물웅덩이 안에 막 구매한 식자재들이 소리를 내며 흩어졌다.

"우와 미쳤다······, 이거 뭐야, 장난 아니잖아."

"여자가, 절도범을 잡으려고 하다가."

"도망치려던 범인한테 내던져졌다고."

"머리를 세게 부딪친 모양인데——."

떨어진 명찰에는 내가 아는 동글동글한 필체로 '츠루기' 라고 적혀 있었다.

교차하는 구경꾼들의 목소리도, 모래바람 같은 빗소리도, 그 순간 모든 것이 무(無)로 물들었다.

이 이상 가는 공포를, 나는 오늘날까지 기억 속에서 느꼈던 적이 없었다.

　물에 빠진 생쥐 꼴이 된 내가 쇼핑센터에서 가장 가까운 종합병원으로 달려간 것은, 구급차가 도착하고 나서 꽤 시간이 지났을 무렵이었다.

　머리카락은 폭풍으로 흐트러지고, 넥타이는 풀어헤쳐지고, 가방도 와이셔츠도 슬랙스도 구두도 하여간 모두 다 빗물이 뚝뚝 떨어지는 지독한 모습이었지만 그걸 신경 쓸 수도 없었다. 나는 결로현상으로 흐려진 풀 프레임 안경을 난폭하게 벗고, 숨을 헐떡이며 접수 카운터에 달라붙어 그녀의 이름을 계속 외쳤다.

　그녀의 병실을 알려주세요! 부탁합니다!

　그렇게 말하고 있을 텐데, 목소리가 뒤집혀서 좀처럼 말이 이어지지 않았다.

　안에서 서류를 정리하던 감색의 카디건을 걸친 간호사들은 귀기 어린 형상의 나에게 수상한 사람이 왔다는 듯한 시선을 보냈지만, 필사적인 호소가 통했는지, 눈치를 챈 사람 중 하나가 허둥지둥 외과 병동의 병실 번호를 조사해서 알려주었다.

감사의 말도 하지 않고, 나는 다시 대포알처럼 달려 나가, 잘 닦인 바닥에 몇 번이나 넘어질 뻔하고, 벽에 부딪히면서 병실을 목표로 이동했다.

피폐와 공포로 심장이 비명을 지르고 눈앞이 아찔했다.

어떻게 하지?

병실을 몇 개 지나치면서, 몇 번이고 머릿속에서 반복했다.

혹시, 그녀가 이미.

만약의 일이 벌어지고 말았다면——.

보고 왔던 참상이 생생히 떠올랐다.

넘칠 듯한 그녀의 미소를 떠올리자, 눈두덩이가 열기를 띠고, 코안에 날카로운 통증이 스쳤다.


"미츠루——!!"

박찰 기세로 병실의 문을 열어젖혔다.

조용한 병실.

눈으로 커튼으로 둘러싸인 하얀 침대를 훑었다.

"큭……."

말이 나오지 않았다.

그녀는————.

옅은 하늘색의 환자복을 입고, 머리를 붕대로 둘둘 감은 상태로 침대에 깊이 몸을 맡기고 있었다.

의식도 있다. 뛰어 들어온 나 때문에 놀랐는지 눈을 동그랗게 뜨고, 이쪽을 보고 있었다.

"미츠루……."

살아있어……, 아아, ……살아있어.

긴장의 실이 뚝 끊어지고, 눈가에 머물고 있던 열기가 단숨에 치밀어 올랐다.

콘크리트에 고인 대량의 붉은색을 봤을 때, 솔직히 이제 끝이 아닌가 생각했었다.

하지만, 그녀가 눈을 뜨고, 저기 있어 주는 것만으로 나는 이 이상 없을 정도로 구원을 받았다. 모든 것에 감사하고 싶을 정도로, 구원받은 것이다.

"미츠루……, 다행이야……."

이미 체력의 한계를 맞이했던 나는, 그 자리에 무너져 내리기 전에 그녀의 정면에서 무릎을 꿇고, 호흡을 가다듬는 것도 잊고 매달렸다.

"가게 사람들이 말했어…… 절도범을, 잡으려고 했다며."

이것만으로, 무슨 일이 있었는지 대충 예상이 됐다.

미츠루는 성실하고, 남들보다 더 정의감이 강한 면이 있었다.

그렇기에, 부정행위에 결벽이 있고, 부조리하게 규칙을 흐트러트리는 무리를 도저히 용서하지 못하는 성미다.

혹시 도와줄 사람을 부르려고 했을지도 모르지만, 혼자서라도 달려들지 않으면 어쩔 수 없는 상황이었을 것이다. 무모한 짓을 하다가 반격으로 다치고 말았다는 걸 상처를 입은 그녀의 모습을 보고 파악할 수 있었다.

행동 자체는 올바를지도 모르지만, 결과적으로 정말 위태롭기 그지없는 일이었다.

그녀가 냉정했다면 이렇게 되진 않았을 것이다. 냉정했다면.

아마도 당황한 것이다. 어쩔 수 없다. 그럴 때일수록 그녀는 무모한 방법을 선택하고, 또 요란하게 실패하곤 한다. 노력하려고 하다 그 이상으로 헛돌고 만다. 그럴 때가 있다. 몇 번이고 봤으니까 아는 것이다.

"너는 정의감이 강하고, 가끔 덜렁대니까. 언젠가 이런 위험한 일에 말려들지도 모른다고 걱정했는데…… 설마 이런 일이 벌어질 줄이야."

그녀의 팔과 목덜미에도 아파 보이는 조치가 취해져 있었다. 그걸 보고 심장이 꼭 조이는 것 같은 가슴의 통증을 느꼈다.

하얗고 가는 팔을 쥐자 그녀는 놀란 듯이 다시 나를 봤다. 자신의 행동에 부채감을 느끼고 야단맞을 거 같아서 움찔한 것일지도 모르겠다.

말없이 그녀를 안심시키고 싶어서, 나는 양팔로 눈앞의 가냘픈 몸을 감싸고, 부드럽게 잡아당겼다.

"……죽을 만큼 걱정했어."

한 호흡 시간을 두었는데, 입에 담은 말은 숨길 수 없을 정도로 떨리고 있었다.

"죽지 않아서 다행이야, 살아줘서 다행이야. 정말로…… 정말로……."

윤기 있는 머리카락이 드리워져 있는 등을 상냥하게 툭툭 두들겼다.

"아……."

그때 그녀가 살짝 입을 열었다. 온기와 함께, 내 등에도 마찬가지로 그녀의 팔이 둘러진다…… 그렇게 될 것으로 예측했다.

하지만, 아무리 시간이 지나도 그녀는 나에게 몸을 맡기지 않고, 그뿐만이 아니라 오히려 딱딱하게 굳더니.

"……저, 저기요! 그, 그만 두세요…… 떨어져요."

겨우 말을 꺼낼 수 있었다. 그런 뉘앙스의 메마른 목소리로 나를 거부했다.

갑자기 껴안아서 아팠을지도 모르겠다. 허둥지둥 팔에서 힘을 뺐지만.


"누구… 인가요…… 당신……."


그녀의 다음 한 마디에, 이상한 감각이 온몸을 꿰뚫었다.

지금, 뭐라고——.

천천히 몸을 뗐다. 미츠루의 얼굴을 잘 보기 전에, 나는 아아…… 하고 작게 미소 지었다.

"아니, 미츠루…… 이럴 때 농담하지 마."

나의 흐트러진 모습이 너무 재밌었기 때문이려나? 설마 이런 타이밍에 그런 방향으로 끌고 가리라고는 상상도 하지 못했지만, 농담을 할 수 있을 정도로 건강하다는 사실에 안심했다. 조금 충격이긴 했지만.

어쨌든 의식이 또렷한 것 같아서 다행이라는 생각에, 나는 어깨에 힘을 풀었지만.

"아니 그게…… 농담이 아니라, 떨어져 주세요. 지금 당장. 아파요…… 뭐죠, 당신은……!"

마주한 그녀의 얼굴에는 조금도 장난기가 보이지 않았다.

"병실…… 아니, 사람을 잘못 본 거 아닌가요?"

미소가 아니라 굳어진 표정에, 눈에는 경계와 당혹의 빛이 깃든 채, 뒤이어서 이런 이해할 수 없는 이야기를 입에 담았다.

마치 처음 만난 상대에게 말을 하는 것처럼.

……이상하다.

"미츠루, 왜 그래?"

"어째서…… 제 이름을, 아시는 거죠……."

"무… 무슨 소리 하는 거야."

"마, 만지지 말아 주세요. 대체 뭐예요!"

몸을 떨어트리는 대신 손을 잡자, 그녀는 그걸 강하게 거부하고 내 손을 뿌리쳤다.

이마에 맺힌 땀방울과 물방울이 뒤섞여서 떨어지고, 사

고회로가 정지했다.

　그녀에게 부정당했기 때문이 아니다. 그녀의 온몸을 채우고 있는 나에 대한 불신감, 정체를 알 수 없는 자에 대한 공포의 눈빛이——이미, 농담이나 연기 같은 그런 영역에 머물지 않았다는 걸 깨달았기 때문이다.

　이건 뭐지? 어떻게 된, 아니…… 그녀는 대체 어떻게 되어버린 걸까?

　할 말을 찾지 못하고, 무슨 말을 해야 할지 망설이고 있자, 그 자리에 계속 있었는데도, 극도의 흥분 때문에 지금까지 시야에 들어오지 않았던 츠루기의 가족이 나를 떼어내더니 벽으로 밀어붙였다.

　"자네는 대체 뭔가? 갑자기 들어와서."

　흠뻑 젖은 양복 차림을 한 미츠루의 아버님이 험악한 얼굴로 나에게 물었다.

　"누구죠? 딸과는 대체 무슨 관계인데요?"

　조금 풍채가 좋은 어머님이 눈썹을 치켜세우며 말하고, 컬이 들어간 밝은 색의 머리카락에 유행하는 패션을 잘 소화해낸 미츠루의 언니가 의아하다는 듯한 눈빛으로 나를 봤다.

　"앗…… 죄송합니다, 저기 난… 아뇨 저는, 이런, 사람입니다."

흐트러진 앞 머리카락을 재빨리 정돈하고, 젖은 가방에서 명함을 꺼내, 가능한 한 정중하게 머리를 숙였다.

"인사가 늦어서 죄송합니다. 현재, 츠루기 씨와 교제하고 있는 사람입니다."

"……아, 아니에요! 교제라니, ……뭔가 착각이에요!"

내가 한 말에 그녀는, 심장을 도려낼 것 같은 부정의 말을 외쳤다.

"……딸은 이렇게 말합니다만."

"그, 그럴 리가! 분명히 저는, 따님과 교제를……!"

"누군가와 교제하고 있다니, 지금까지 딸에게 한마디도 듣지 못했습니다만."

"그건, 그게……."

목 안에서 말문이 막혔다.

교제하고 3년. 츠루기는 이때까지, 주위 사람에게 나의 존재, 연인이 있다는 사실을 극히 일부를 제외하고는 완고하게 공표하지 않고 있었다. 자신의 가족한테조차.

가족과의 사이, 특히 아버지와의 관계에 평소 불만과 불안을 품고 있던 그녀는, 나와의 교제를 부정당하지 않을까 하는 걱정에, 언제 가족한테 소개해야 할지 꽤 많이 고민하고 있었다.

그러나 내가 꺼낸 동거의 이야기로 드디어 결심하고, 가까운 시일 내에 나를 본가에 초대해서, 가족들과 만나게 하고 싶다고 말했었다.

그걸 지금 여기서 밝혀야 할까? 아니, 가장 먼저 확실히 해야 하는 일이 그게 아니라는 느낌이 들었다.

"아닙니다. 저는 수상한 자가 아니라, 미츠루 씨의……."

"혹시, 스토커……."

오싹한 말을 던진 것은 눈가가 날카로워진 언니 쪽이었다.

그 말을 듣고, 더더욱 나는 이마에 땀이 맺혔다.

"스토커?"

"있잖아요, 뭐라더라, 자신과 사귀고 있다는 착각에 빠진다고 하는 그거. 최근에 그런 사람이 정말 많아졌다고 해. 미츠루, 너 정말로 이 남자를 몰라?"

주목을 받은 그녀는 이불을 끌어 올리고 몇 번이고 고개를 끄덕였다.

"정말? 만난 적은?"

"없어……, 한 번도…… 전혀 모르는 사람."

거짓말……. 기다려 줘. 그럴 리가…….

"그런 건가, 자네. 솔직하게 말해보게."

"저, 저기."

"내 딸의 스토커였나?"

"아닙니다⋯⋯!"

"여동생이 모른다고 하잖아. 스토커가 아니면 대체 뭐라는 거야?"

높은 힐로 바닥을 박차며 위협한 그녀의 언니 쪽이 명함을 도로 돌려주는가 싶더니 멱살을 잡아서, 나는 아주 조금 남은 냉정함을 손에서 놓을 뻔했다.

끊임없이 사방에서 날아오는 경멸의 눈빛을 견디지 못하고, 난처한 나머지 미츠루 쪽을 봤지만, 그녀는 절대 나와 시선을 마주치려고 하지 않았다.

"진정해 주세요, 아닙니다. 저는!"

정체된 공기를 둘로 쪼개는 듯이, 커다란 박수가 끼어든 것은 바로 그때였다.

"자자, 거기까지 해두시죠."

전원이 일제히 시선을 돌린 곳에 있던 것은, 지금까지 한마디도 하지 않고 하얀 벽 근처에서 그 존재감을 죽이고 있던 백의의──남성 의사.

"경황이 없으신 중에 죄송합니다만. 이곳은 병원입니

다, 병실입니다, 환자분 앞입니다. 그 이상은 바깥에서 하시겠습니까? 네?"

지휘자를 앞에 둔 연주자처럼 정숙해지는 일동. 미소를 띤 의사는 천천히 미츠루 쪽으로 다가오더니, 침대 옆의 둥근 의자에 영차 하면서 앉고, 그녀에게 말했다.

"츠루기, 눈을 막 떴으니 힘들겠지만, 잠시, 조금 전의 질문에 계속 대답할 수 있겠어?"

"……네."라고 당혹스러움이 해소되지 않은 채, 미츠루는 대답했다.

"그럼 계속할게. 애완동물 가게에서 일한다고 했지?"

"예."

"그래서 지금 일은, 근무한지 몇 년 차야?"

"……아직, 1년도 지나지 않았어요."

조심스럽게, 그래도 그녀는 확실히 그렇게 말했다.

"어머, 미츠루."

"무슨 말을 하니, 미츠루."

어머님과 언니도 나와 같은 반응을 보이고, 아버님도 두 사람과 같은 얼굴로 그녀를 응시했다.

"미츠루, 나이는? 몇 살?"

"스물 하나예요."

"지금은, 몇 년?"

이번에는 당황하지 않고 거침없이 미츠루가 대답하자, 다시 웅성거림이 번지고, 의사도 입을 다물었다. 병실 전체가 서늘하게 조용해졌다.

"자, 됐어. 잠시 가족 분들, 바깥에서 이야기해도 괜찮으시겠습니까? 아, 그리고 자네도 말이야. 시간이 괜찮다면 개별로 이야기를 하지. 츠루기는 마지막으로 느긋하게 이야기할 테니까. 기다리고 있어 줘."

상냥하게 재촉하자, 미츠루의 가족은 마지막까지 나를 신경 쓰면서 문진실로 들어갔다.

나도, 초조한 기분을 품은 채로, 시키는 대로 병실 바깥으로 나가서, 점등된 복도에서 기다리기로 했다.

방을 나갈 때, 찬란하게 밝은 병실에 불안한 표정으로 남겨진 미츠루를 돌아봐도, 결국 그녀는 한 번도 나와는 시선을 맞춰주지 않았다.


"기다리게 해서 미안. 저기 그게… 카메다… 라고 했던가?"

그 뒤로 1시간, 또 1시간이 지나, 천둥과 호우가 완전히 지나갔을 때쯤.

그녀의 가족이 복잡한 표정을 띠면서 병실로 돌아오는 모습을 확인한 뒤, 나는 선생님의 손짓에 불려갔다.

약 냄새가 배어 있는 진료실 의자에 앉아, 선생님과 마주했을 때 나는 안경을 고쳐 쓰고, 다시 가방에서 명함을 꺼내 이름을 댔다.

"아아, 그래. 카메이도 다이스케인가. 무척 많이 젖었는데 괜찮나? 감기는 조심하게."

광택을 뿜는 대머리가 인상적인 50대 정도로 보이는 선생님은, 선글라스를 쓰면 야쿠자와 착각할 법한 험악한 얼굴을 지니고 있었지만, 겉모습과 어울리지 않게 태도는 부드럽고, 기다리는 사이에 나에게 수건을 건네주는 상냥한 선생님이었다.

선생님은 웃으면서 명함을 받아들었지만, 그래도 부족할지 모른다는 생각에, 나는 질문을 하기 전에 정기권에 끼어 있는 그녀와의 투 샷 사진, 휴대전화의 배경, 미츠루와 친한 관계라는 증거를 가지고 있는 만큼 전부 제시하고, 차분한 태도로 기다렸다.

"고맙네. 병실에 들어왔을 때부터 그러리라 생각했지만, 제대로 확인할 수 있어서 다행이야. 나는 츠루기가 건강을 되찾게 될 때까지 돕게 될 하케라고 하네. 아, 하게

가 아니라 하케야. 하게, 라고 하면 자꾸 뭘 시키는 것 같지 않나? 오독은 하지 않도록. 아하하. 하지만 환자분들이 부르는 애칭은 '하게 선생님'이니까 호칭은 어느 쪽이든 괜찮아, 하여간 잘 부탁하네."

아무래도 항상 하는 농담일 것이다. 선생님은 쾌활하게 웃더니 살짝 억지로 나와 악수를 했다.

긴장된 분위기를 풀기 위해서겠지만, 나는 도저히 표정을 풀 수 없었다. 그 심정을 이해한 선생님은 서서히 미소를 지우더니, 얼굴이 진지하게 바뀌었다.

"그렇겠어. 내 별명에 관한 이야기보다, 일단 츠루기의 이야기가 급하겠지."

고개만 끄덕여서 대답했다.

"자네도 들었겠지만, 그녀는 사건 당시에, 도망치려고 하던 절도범이 내동댕이치는 바람에 머리를 세게 부딪쳤다고 해. 조금만 부딪힌 곳이 안 좋았어도 위험했고, 출혈도 많았으니까 발견과 이송이 빨랐기에 정말 다행이야. 다행히 뼈에 이상은 없어 보이고, 검사도 겸해서 한동안 입원하겠지만, 목숨에 별 지장은 없어. 행운에 행운이 더해져서, 무척 기쁜 일이지. ……몸 쪽은."

다만, 하고 선생님은 계속 이어갔다.

"유감이지만, 여기에 조금 문제가 있어."

머리를 검지로 톡톡 치더니, 선생님은 "조금 충격적인 이야기겠지만."이라고 전제를 두었는데, 나는 두려움을 품은 채로 고개를 끄덕였다.

"카메이도. '역행성건망증'이라는 단어를 아나?"

익숙하지 않은 단어에 미간을 찌푸리자, 선생님은 이렇게 고쳐 말했다.

"세간의 일반 사람들은 기억장애, 기억상실이라고 말하기도 하는 증상을 말하는 걸세."

"기억상실…… 이라니."

단어를 반복해서 말해보고 깜짝 놀란 나에게, 선생님은 단도직입적으로 지금 일어난 현상을 나에게 들이밀었다.


"미츠루는 지금. 최근 3년의 기억을 망각한 상태인 걸세."


그날.

나는 여자친구와 영원히 이별하지 않을 수 있었다.

그러나. 그와 맞바꾸기라도 한 걸까?

나와 여자친구를 연결하던 추억 모두가,

그녀의 안에서 사라져 버렸다.

"왜 그래 야, 최근에 실수만 연발하고 있잖아? 무슨 일 있었어?"

업무 전반전 종료의 벨이 울려 퍼지고, 다섯 살 선배인 사루와타리 씨가 사무 의자에 깊이 체중을 맡긴 채로 바닥을 박차며, 이쪽 책상으로 미끄러져 왔다.

"조금 전의 장해도 그렇게 크지 않았잖아? 어째서 그렇게 버벅댄 거야? 거래처의 확인도 타임오버 했고, 덕분에 사메시마 팀장의 역린을 건드렸으니 중간부터는 보고 있는 내가 다 괴롭더라."

직속 상사인 사메시마 팀장이 화장실로 간 것을 확인하고 사루와타리 씨는 문의 기척을 조심하면서 내 옆구리에 에너지 드링크 캔을 찔러 넣었다.

우리의 업무는 네트워크를 감시하는, '시스템 엔지니어'라고 불리는 것으로, 인터넷에 발생하는 장애에 대처, 원인을 조사, 결과를 거래처에 보고하는 게 주요 업무의 흐름이다.

3, 4명 구성의 팀으로 대응해 발생하는 장애를 복구로 이끌고 가는데, 어느 직장이라도 마찬가지로 팀 안에 한 명이라도 정신을 놓고 있으면 당연히 주위에 피해가 가게 되어 있다. 한 사람의 업무처리가 둔하면 조사에 지장이 생기고, 좀처럼 원인을 파악하지 못하고, 결국에는 거래 처에 대한 대응에도 지체가 생긴다. 거기다 기다리게 되면서 초조해진 거래처에 제대로 설명조차 하지 못하면 그 야말로 최악이라는 말로밖에 표현할 수가 없다.

물론, 인간이니까 실수 정도는 한다. 그렇다고 해도 4명 구성의 팀에서 주 5일 근무 중에 4번이나, 같은 사람이 딱히 대단하지 않은 안건으로 실수를 연발하면, 팀장이 호통을 치는 것도 어쩔 수 없다고 할 수 있다.

예상대로, 그건 지금 나를 말하는 것이지만.

"……죄송합니다. 발목을 잡아서."

"아니, 딱히. 상태가 안 좋을 때 정도는 누구나 있겠지. 아무튼 식당에 가자. 이봐, 오늘은 내가 사줄 테니까, 곱빼기든 뭐든 마음껏 주문해. 자자."

"감사합니다, 사루와타리 씨."

이 일을 하기 시작하고 벌써 몇 년, 상당히 익숙해졌는데, 솔직히 최근 들어 나의 형편없는 업무처리는 곱게 봐주려고 해도 너무 심각하다. 조금 전의 장애도 차분하게 대응하면 신인이라도 어려움 없이 클리어 할 수 있는 것이리라. 후배도 눈앞에 있는데, 정말 한심하다.

"아뇨, 신경 쓰지 말아 주세요, 카메이도 씨. 저도 얼마 전까지는 매일 툭하면 발목을 잡곤 했으니까. 정말 괜찮다고요."

1년 전에 팀에 들어온 우시오가 신경 쓰지 않는다는 듯이 정면의 컴퓨터에서 불쑥 얼굴을 내밀자, "네가 발목을 잡는 건 항상 있는 일이잖아."라며 사루와타리 씨가 신랄하게 대답했다.

"그렇긴 하죠."라면서 쓴웃음을 지은 우시오는 스테인리스제의 도시락 상자를 안고 있었다. 안에 담겨 있는 것은 색채가 다양한 아내의 수제 도시락일 것이다.

그걸 본 사루와타리 씨는 지갑으로 어깨를 두드리면서, 노골적으로 부러운 표정으로 우시오를 봤다.

"애처의 도시락이라니 나도 언젠가 먹어보고 싶네."

"아하하, 좋죠. 애정이 잔뜩 담겨서 무척 맛있다고요. 오늘은 닭튀김 도시락입니다."

"키야– 약 올라 죽겠네, 그 닭튀김 하나 내놔."

"우와! 싫어요! 저리 가시라고요!"

다시 사루와타리 씨가 사무 의자에 앉은 채로 우시오가 있는 곳까지 미끄러져가더니, 마치 학생 같은 분위기로 그를 놀렸다.

"20대 초반에 결혼해서 두 아이의 아빠라니 대체 얼마나 치열하게 사는 거야? 나 정도의 아저씨가 될 때까지는 느긋하게 있어도 좋다고!"

"인기가 없다고 해서 질투를 드러내지 말아주시라고요, 질투의 대상이라면 또 한 명 있잖습니까!"

우시오가 도시락 통을 사수하면서, 내 쪽으로 시선을 유도하려고 했지만, 사루와타리 씨는 장난의 상대를 바꾸지 않았다.

"카메는 됐어, 성실하고 청순하게 사귀고 있으니. 질투보단 응원해주고 싶단 말이지. 너 따위는 분위기가 영 경박한 게, 왠지 모르게 짜증이 나니까."

"뭡니까 그 이유는?!"

"평소의 소행이야, 평소의 소행!"

"우와 정말, 그런 소릴 하다니! 어차피 얼마 안 있어 카메이도 씨도 금방 결혼해버릴 거라고요! 바람도 피지 않고 싸움도 하지 않고, 안정된 교제 3년, 동거도 얼마 안 남았고. 이미 인생 게임으로 말하면 결혼 칸이 눈앞이라고요!"

"그렇죠?"라고 우시오가 질문을 던지자, 나는 손에 들고 있던 에너지 드링크를 바닥에 떨어트렸다.

거기서부터 침묵이 발생했고, 어떻게든 미소를 쥐어짰지만, 두 사람은 거북한 내 반응만으로 눈치를 챘는지 얼굴을 마주했다.

"아…… 설마 지뢰를 밟았나요?"

"어, 너, 기운이 없었던 이유라는 게……."

어차피 부정해도 믿을 것 같지 않아서, 나는 포기하고 고개를 끄덕였다.

"싸웠나요?"

"싸운 것만으로 이 녀석이 이렇게 무기력해졌을 리가 없지. 혹시…… 바람피웠어?"

"뭐에요- 듣기로는, 그 여자친구 분은 바람 따위 절대 피우지 않는 타입이라고요."

두 사람은 같이 궁금하다는 듯이 다가와 나를 양옆에서 가두었다.

"반대야? 네 쪽이 저질러 버렸다든지?"

"설마, 카메이도 씨도 그런 일은."

"딱 까놓고, 그냥 차였어?"

가깝지도 않고 멀지도 않은 대답이 눈앞을 교차했다.

"저기…… 무척, 이상한 이야기를 물어도 괜찮을까요?"

말을 하는 걸 아슬아슬할 때까지 주저했지만, 이 감정을 혼자 품고 있는 것도 슬슬 한계였기에, 슬며시 토로했다.

"예를 들면…… 말인데요."

응응, 하고 고개를 끄덕이며 뒤를 재촉하는 두 사람.

"만약, 만약에. 자신의 아내나 여자친구가…… 어느 날 갑자기 기억상실에 걸려서, 나와 만나고 나서부터 지금까지의 일을 전부 잊어버렸다고 한다면, 어떠시겠어요?"

그 말을 들은 그들은 삭 하고 재빠르게 서로 시선을 마주치더니, 눈을 가늘게 뜨고 양쪽 눈썹이 꿈틀꿈틀했다.

그야, 갑자기 이런 뜬금없는 이야기를 꺼내면, 그런 표정을 짓는 것도 무리는 아닐 것이다.

"기억상실…… 이라니."

"……저기 그게. 미안, ……무슨 소리야?"

이 반응도 당연하다. 전혀 이상하지 않다. 나도.

나도 그때는, 그랬다──.

"기억상실이라니…… 그런."

들은 적은 있어도 도저히 받아들이기 어려운 단어.

다시 확인하기 위해서 하케 선생님을 봤지만, 유감스럽게도 선생님은 진지한 표정으로 다음 말을 꺼낼 준비를 하고 있었다.

기억이 사라졌다니, 일단 현실적이지 않다. 그렇기는 해도, 그 미츠루의 반응. 그야말로 면식이 없는 상대에게 갑자기 안겨졌을 때의 것이라고 할 수 있었다.

우리는 지금까지, 3년이라는 시간을 같이 보내고, 신뢰를 쌓아왔다.

실수로라도 만나자마자 서로를 인식하지 못하는 일은 있을 수 없으니, 가족과 병원 선생님이 보고 있는 앞에서 남자친구한테 안겨서 부끄러웠다고는 해도, 그런 공들인 연기를 미츠루가 할 것이라고는 도저히 생각할 수 없었다.

그렇게 생각이라도 하지 않으면 지금 상황은 앞뒤가 맞지 않았다.

"기억이란 게, 그렇게 간단히 사라질 수 있는 겁니까……."

당황하는 나에게 선생님은 말을 고르면서, 진정시키려

는 듯이 설명했다.

"극히 드문 케이스지만, 인간의 뇌라는 건 미지수 덩어리니까, 무슨 일이 일어나도 이상하지 않은 거야. 너무나도 강한 충격을 머리에 받았을 때, 혹은 허용의 범위를 넘는 사건에 직면했을 때, 뇌는 그 사건, 그렇게 되기에 이르게 된 경위까지 망각해버리는 때도 있지. 잊어버리는 범위는 사람에 따라 제각각이라, 그 순간만이거나, 몇 시간에서 며칠, 몇 주일 사이, 혹은 연 단위, 태어나서 지금까지의 일 전부인 사람도 있어. 지금 그건 극단적인 예지만, 그래…… 어린 시절에 강한 스트레스와 공포에 노출되면서, 당시의 기억이 모호해져서 떠올리지 못하는 경우는, 자주 있는 이야기라고 할까."

거기까지 듣고, 나는 관자놀이에 손을 댔다.

나도 옛날, 딱 한 번 비슷한 경험이 있었기 때문이다.

"하지만, 3년이라니…, 일시적인 거겠죠? 회복할 수 있을까요?"

"응. 그러면 무척 좋겠지만. 일시적인 것이 될지, 혹은 장기적인 것이 될지는 츠루기 본인의 상태에 따라 다르다고 할 수밖에 없겠어."

"내일 원래대로 돌아올지도 모르고, 1주일 뒤에 돌아올

가능성도 있다는 이야기입니까?"

"가능성은 있어."

"그럼, 평생 돌아오지 않는 경우도……."

내 표정이 바닥에 가라앉기 전에, 선생님은 건져 올려주듯이 덧붙여 말했다.

"하지만, 기억은 잊는 일이 있더라도 완전히 사라지는 게 아니야. 갑작스러운 계기로 갑자기 전부 떠오르기도 하고, 조금씩 떠오를 수도 있으니 말일세."

"개인차는 있겠지만 말이야."라고 안심해도 좋다고 말하는 대신에 선생님은 말씀하셨다.

한동안 아무런 말도 하지 못하고 의자에 체중을 맡기고 있을 수밖에 없던 나.

시계의 초침만이 좁은 진료실에서 계속 자기주장을 펼쳤다.

미츠루가, 과거 3년 사이의 기억을 잃어버렸다.

우리가 만나고, 교제해왔던 것도 오늘부터 거슬러올라 거의 3년.

즉, 지금 그녀에게 나는 연인이 아니라, 전혀 모르는, 새빨간 타인이다. 그런 이야기인가?

머리로는 이해해도, 마음이 따르지 않았다. 그렇지만

그도 그렇다.

화요일 밤에는 역 앞의 레스토랑에서 같이 식사했다.

수요일에는 미츠루가 방으로 놀러 와서, 인터넷 대전 게임을 하면서 즐거워했다.

목요일에는 일이 끝나는 시간이 우연히 같았던 그녀와 근처의 패스트푸드점에서 수다를 떨고, 헤어지는 걸 아쉬워하다가 마지막 버스를 놓치는 바람에, 매번 있는 일이지만 사양하는 그녀를 집까지 배웅했다.

"내일 다시 봐. 카레, 같이 만들어서 먹자." 그렇게 말하자, "네, 그럼 내일 또 봐요. 조심히 돌아가세요."라고 미츠루는 부드러운 미소를 돌려주며 현관문에서 내가 주택가의 모퉁이를 꺾을 때까지 손을 흔들어주었다.

만나지 않은 날이 더 적을 정도로 빈번히 만나면서도, 그녀의 미소를 보면 또 빨리 보고 싶다는 생각이 자연스럽게 떠오르고, 이렇게 내일에 대한 희망이 있는 나는 정말 행복한 녀석이라고 느끼는 게, 한편으로는 어처구니없으면서도 기쁘기도 했다. 그와 동시에 '아, 나는 진심으로 그녀를 좋아하는구나.'하고 마음속으로 헤실거리다가, 다시 참 어처구니가 없다고 느끼곤 했다.

이렇게 충실한 나날이, 내일도, 그 앞으로도, 계속되리라고 믿고 있었다. 그런데——. 금요일 밤, 다시 얼굴을 마주한 그녀가 나를 잊어버리다니.

보고 왔다지만 아직 다 받아들이지 못했다.

단순히 괴롭다고 하기보다는, 사실이 아직 몸에 스미지 않아서, 동요가 안쪽에서 계속 요동치고 있는 감각에 현기증이 났다.

타지 않으면 절대 돌아갈 수 없는 전철을 놓친 듯한 기분.

아무도 없는 무인도에 홀로 남겨져 버린 듯한 기분.

그런 어찌할 수 없는 기분에 망연자실했다.

"……앞으로 어떻게 해야."

나는 겨우 이 말을 뱉어내고, 선생님도 그걸 기다렸다는 듯이 조용히 이야기를 꺼냈다.

"지금의 츠루기에게 가장 필요한 것은, 영양을 제대로 섭취하며 요양하는 것. 반대로 불필요한 것은, 떠올리지 못하는 자신을 탓하는 것. 주위에 자신이 뒤처지고 말았다고 생각하고 초조해하는 것. 그게 몸에 가장 독이 되는 거니까 말이지."

이건 조금 전의 가족 분들에게도 이야기한 일이고, 마지막에는 미츠루에게도 설명할 것이라고 한다.

"감기에 걸렸을 때는 밥을 많이 먹지 못하잖아? 지금 츠루기의 상태는 그것과 마찬가지야. 천천히, 천천히, 현 상황을 받아들이고, 조금씩 일상에 적응해가야만 하지. 시간을 들여 죽을 먹는 것처럼 말이야. 무리해서 떠올리려고 하면 소화 불량을 일으켜버리니까, 자신도 눈치채지 못할 정도로 스트레스가 덜컥 ─ 쌓여서, 몸 상태에도 영향을 주겠지. 느긋하게 조금씩, 지금 생활에 익숙해져 가는 게 재활 치료가 되는 걸세. 보고 듣고, 만지면서, 점점 기억해내리라고 생각해. 그런데 자네."

선생님은 나의 축 늘어진 어깨를 두드렸다.

"이 이야기를 츠루기한테 하면, 자신이 놓여 있는 상황에 무척 놀랄 터야. 그리고 한동안 고생이 끊이지 않는 생활을 보내게 되겠지. 그도 그럴 게 자신의 뇌가 기억하는 세계와 현실이 크게 어긋나게 되니까, 당연한 거야. 그만큼 정신적인 부담이 걸리게 되는데, 주위에 있는 사람들이 다 같이 그녀에게 맞춰줄 수 있는 게 아니잖아? 나쁜 건 사건을 일으킨 범인인데, 잊어버린 그녀가 나쁘다고 탓하는 사람이 그중에는 있을지도 몰라."

기억장애를 일으킨 사람이 주위의 이해를 얻을 수 없는 것, 그게 가장 견디기 힘들다고 선생님은 말했다.

생각해 보면 알 수 있다. 모르는 일을 탓하거나, 부정하면, 누구라도 상처 입는다. 누구나가 다 이해해줘야 한다고 생각하면서도, 어떤 이유가 있든 중상 비방하는 사람은 슬프지만, 반드시 어딘가에 있는 것이다.

"그러니까 기억장애 환자들에게는 버팀목이 필요한 거지. 지금 자신을 받아들이기 위해, 마음을 쉴 수 있는 온화한 버팀목이. 카메이도가 그 보조 역할을 맡아줬으면 하네."

그녀를 부정하지 않고, 인내심 있게 지켜본다. 기억을 잃은 자신을 스스로 탓하지 않도록 다독인다.

"환자와 마찬가지로, 버팀목이 되어야 하는 쪽도 힘든 일이 많이 있겠지만. 이건 누구나 할 수 있는 일이 아니니까."

"하지만…… 저는 그녀에게……."

'……누구죠?'라고 말했을 때의 그녀의 당혹스러움으로 가득 찬 표정이 떠오르고, 무릎 위에 쥔 주먹이 떨렸다.

"괜찮아, 그건 내가 협력하겠네. 이 뒤로, 츠루기와 가족분들 모두와 이야기해보지. 거기서 자네의 일을 설명하겠어."

"괜찮겠습니까?"

"응, 그렇지 않으면 자네는 여전히 수상한 사람 취급이지 않나. 츠루기도 처음에는 혼란스러워하겠지만, 차근차근 이야기하다 보면 분명히 믿어줄 거야. 그러니까 자네는, 자신의 위치를 잃게 되는 걸 걱정하지 않아도 되네."

나는 거기서 비로소 한숨을 쉬었다.

아주 작은 안심이 긴장된 마음에 싹텄다. 하지만 그건, 금방 시들어서 말라비틀어졌다.

이대로의 흐름으로 가면, 조금 전의 소란으로 생긴 나에 대한 오해는, 선생님의 조력으로 틀림없이 풀릴 것이다.

미츠루의 부모님은, 딸이 이상한 남자하고 얽히게 된 게 아니라고 안심할 테니, 나로서는 그녀와 그녀의 가족에게 의심을 받은 채로 있는 것보다, 그쪽이 단연코 바람직하다.

그러나, 미츠루는 어떨까?

나 이상으로 혼란스러운 미츠루에게 현 상황을 전달하고, 내가 그녀의 연인이라는 사실만이라도 이해해 줄 수 있다면, 그 뒤는…….

3년을 사귄 상대라고 처음에는 믿지 못할지라도, 점점 미츠루가 진실을 받아들인다고 치고, 그 뒤에 그녀는 자신이 실수했다는 사실에, 무척 침울해할지도 모르겠다.

침울해하는 것 만이라면 그나마 낫지만, 잊어버린 일에

대한 죄책감을 쌓아올리고, 어느 사이에 부채의식으로 가득 차버리는 건 아닐까?

자신을 필요 이상으로 탓하고, 어떻게 해서든지 잃어버린 기억을 되찾으려고 필사적으로 되어버리는 건 아닐까?

미츠루의 성격——뒤틀린 일을 싫어하고, 항상 자신에게 엄격한, 조금 귀찮을 정도의 성실함. 계속 그녀를 보아왔기에 이 앞의 미래가, 앞으로 그녀가 기억과 자책의 심경 사이에 끼어서 괴로워하는 모습을 쉽게 상상할 수 있었다.

현 상황을 냉정하게 받아들이고, 당황하는 그녀를 지탱해주는 것이 연인의 역할이라고 해도, 불안만을 잔뜩 끌어안고 있는 미츠루와 이대로 대면해서 정말 괜찮은 걸까?

'나는 네가 잊어버린 연인이야.'라고 진실을 들이대는 게 과연, 올바른 일일까?

다양한 갈등이 머릿속을 어지럽게 오갔다.

……혹시 반대의 처지라면.

그녀라면 이럴 때, 어떻게 했을까…….

미츠루라면, 자신보다도 먼저 곤란해 하는 사람을 우선한다. 괴롭더라도 잘 참고, 인내심을 발휘한다.

고난에도 용감하게 맞설 것이다.

그렇다면, 나는——.

시계의 바늘 소리와 심장 소리가 동조하고, 목이 얼얼했다.

한참 시간을 들인 뒤에, 아직 무른 결의를 단단하게 다지기 위해 깊이 숨을 들이마셨다.

"……뭐?"

내가 한 말을, 선생님을 잘 못 들었다는 듯이 되물었다.

그래도 대답은 변하지 않았다. 똑같은 이야기를 나는 전달할 뿐이었다.

"그녀와 만나는 건, 포기하겠습니다. 죄송하지만 선생님, 조금 전의 일, 적당히 얼버무려주실 수 있겠습니까?"

"카메이도, 무슨 소리를 하는 건가? 그래서는 안 되네. 자네에 관해서 설명해야만 해."

지금 내 기분을 이해하고 배려해준 하케 선생님은 처음 뵙는데도 지금까지 만났던 어떤 의사보다도 호감이 생겼다. 사무적이 아니라, 감정을 담아 이야기해준다는 게 느껴졌다.

이런 친절한 선생님이, 미츠루의 담당의가 되어주어서 정말 다행이라고 생각했다.

"선생님……, 그녀에게는 자신도 알지 못하는 용기가 있어서, 다른 누군가를 위한 일이라고 판단했을 때는, 오늘처럼 다들 용기를 내서 나서지 못하는 일도 아무렇지도 않게 해버리는 사람입니다. ……저는 그런 그녀가 좋아서. 정말, 정말로 말도 안 될 정도로, 좋아합니다. 그렇기에…… 잘못된 일을 했다고 생각하게 하고 싶지 않고, 울리고 싶지도 않습니다."

젖은 가방을 들고, 그녀에게 품은 순수한 감정과 함께 이대로 병실로 돌아가서 진실을 설명하면 두려워하는 상황이 벌어지지는 않을까 하는 불안감을 담담히 선생님에게 전달했다.

"즉 자네는. 츠루기의 연인이었다는 걸 숨기고, 앞으로도 계속 그렇게 대할 작정인가?"

내가 밝힌 마음을 받아들이고, 하케 선생님은 부정적인 의견을 내세우진 않았지만, 팔짱을 끼고 지금 다시, 나에게 망설임이 없는지 흔들어 보았다.

"나는 의사니까, 환자분의 가족보다, 그 연인보다, 항상 환자의 편을 들어야만 하는 처지야. 부담이 많은 길보다도, 부담이 적은 길을 걷게 하고 싶은 게 솔직한 심정일세. 하지만 자네는 정말, 그걸로 괜찮겠나? 소중한 사람의 기억이 사라지고, 그것만으로 정말 힘든 일인데, 그녀를 괴롭히고 싶지 않다고 해서 자신이 누구인지 밝히지 않겠다니……. 제삼자인 내가 들어도 참 지독한 이야기가 아닌가?"

"그녀의 고통이 조금이라도 줄어든다면, 저는, 이렇게 되는 쪽을 선택하고 싶습니다."

표정으로 감춰도, 아마 선생님은 깨달았을 것이다.

그래도 나는, 마지막까지 그녀에 대한 각오를 계속 유지할 수 있었다.


퇴근한 뒤에 지하철을 타고, 우락부락하고 단단한 등 근육과 가죽 가방에 끼인 채로 한 시간 정도를 시달렸다. 가장 가까운 역에 도착했을 때쯤에는, 얼마 전과 비슷하게 요란한 비가 내렸다.

오늘 아침에 흘려들은 일기예보에서 '이제 곧 장마전선이 물러나지만, 궂은 날씨는 당분간 계속될 예정입니다. 오늘도 저녁부터 격렬한 비가……'라고 말했던 것을 새삼 떠올렸다.

지갑 안에는 마침 현금도 없는 터라, 나는 편의점에서 우산을 사는 걸 단념하고, 버스에서 내리고 나서는 비에 젖으며 돌아가기로 했다.

깔끔한 10층짜리 아파트 7층 복도 끝 방이, 나와 미츠루가 동거하기 위해서 빌렸던 집.

널찍한 부엌과 거실, 인테리어를 고친지 얼마 안 되는 화장실과 욕실, 다다미 4평과 3평 넓이의 서양식 방. 모든 방에 수납장 완비, 베란다도 붙어 있으며 햇살도 잘 들어온다. 강아지와 낮잠을 잘 수 있습니다, 라는 게 선전 문구였지만, 연속되는 악천후로 햇살을 즐기는 건 무리였다.

축 젖은 손으로 자물쇠 구멍에 열쇠를 꽂아 넣고, 문을 열었다.

습기를 품은 현관의 어둠 안에, 뚜렷하게 떠오른 노란색의 유리구슬 같은 조명이 둘.

신발에서 발을 뽑고 안으로 들어가자, 기다리고 있던 그 녀석은 캉! 하고 콧소리를 내더니, 내 다리에 달라붙었다.

"다녀왔어, 라이스."

딸깍, 하고 불을 켜자 내 눈앞에 익숙한 털 뭉치가 나타났다.

라이스, 나의 애견.

혼자 살기에는 너무 넓은 이 집에서 같이 살게 된, 단 하나의 가족.

중형이라기에는 토실토실 잘 자란 덩치, 어리광쟁이에 장난기 많은 다섯 살의 수컷.

'견종은?'이라는 질문을 가끔 받지만, 유감스럽게도 그는 혈통서가 붙은 비싼 강아지가 아니라, 믹스견이다.(잡종이라고 불렀다가 미츠루한테 '믹스라고 불러주세요!'라고 야단맞았다.) 체모 대부분이 검은색이고 입 주변과 발 끝이 하얀 투 컬러, 귀 끝이 늘어져 있어서 반쯤 접힌 귀라 보더콜리나 그런 비슷한 피가 섞이지 않았을까 싶지만, 얼굴은 선이 굵은 서양 개라기보다는 일본 개 특유의 너구리형 얼굴이고, 꼬리는 빙글 말린 도넛 형태다.

내가 어린 시절에 주워온 초대 애견이 낳은 새끼인데, 어미가 새끼일 때부터 왠지 무척 빵을 좋아해서, 거기에서 따 빵이라고 이름을 짓고, 그에 맞춰서 아들은 라이스로 붙였다. 조금 장난기가 지나치지만, 성격이 좋은 녀석이다.

나의 귀가를 기뻐하는 라이스와 눈을 맞추자 호쾌한 몸통 박치기와 함께 뺨을 핥았다.

피로에 절어 있던 몸 내부에 신선한 공기가 스며들어오는 감각.

자연히 미소가 번지고, 폭신하고 부드러운 머리를 쓰다

들었다.

라이스를 조금 상대해주고, 그 뒤로 젖은 옷을 벗어 세탁기에 던져 넣은 뒤, 그대로 샤워를 했다.

땀과 빗물과 피로를 씻어내고 산뜻해진 뒤에, 원형의 테이블에 구매해둔 코울슬로와 슈퍼에서 산 자주 먹는 반찬 팩들을 늘어놓고, 데운 냉동 밥과 같이 입으로 옮겨 넣었다.

혼자만의 식탁.

입으로 넣을 때마다, 씹는 소리가 선명하게 들렸다.

반대쪽 자리는 이미 비어 있는 시간이 한참 계속되고 있지만, 아직도 여전히 익숙해지지 않는다.

문득 얼굴을 들자 거실과 현관 사이에서, 라이스가 복슬복슬한 꼬리를 일정한 리듬에 맞춰 마룻바닥을 치며, 이제 오늘은 더는 열리지 않을 문을 빤히 바라보고 있었다.

비가 내리는 날에는 산책갈 수 없다는 걸 녀석은 잘 안다.

그런데도 이쪽에 등을 돌린 채, 탁—탁—하고, 꼬리를 완만하게 계속 튕겼다.

그 눈빛에는 아마, 기대와 확신이 깃들어 있을 것이다.

아아, 또 그러네, 라고 나는 생각하고 라이스를 휘파람으로 불렀다.

"오늘도 오지 않아."

녀석은 바로 돌아보더니, 귀를 조금 뒤로 눕히고, '어째서?'라는 표정을 지었다.

개는 영리하다. 우리의 말을 자세히는 이해하지 못해도, 이쪽이 전달하는 기분은 제대로 파악해준다.

"미츠루는 말이지, 지금 무척 힘들어."

"⋯⋯끙." 하고 라이스가 낮은 울음소리를 냈다.

'그게 뭐야? 무슨 소리야?'라고 호소하는 것처럼 생각되었다.

다만 그녀가 오늘도 오지 않는다는 것만은 내 표정으로 이해했는지, 라이스는 금방 터벅터벅 거실로 돌아오더니, 테이블 아래로 들어가 내 다리 위에 얼굴을 올렸다.

후——하고, 코에서 내뿜은 숨이 낙담의 목소리로 들렸다.

나도 같은 기분이라고 손을 뻗어 라이스의 머리를 쓰다듬자, 따뜻하고 부드러운 혀가 손가락을 노닐었다.

그 뒤로 2주간——.

그날을 경계로, 우리는 아직 한 번도 만나지 못했다.

기억장애로 잃어버린 기억은 3년.

3시간도 아니고, 3일도 3주도 아니고, 3년이다.

게다가 그냥 3년도 아니다. 우리를 연인으로서 연결해 준 그 무엇보다 소중한 '과거'였다.

3년의 기억이 뿌리째 머릿속에서 뽑히고, 그날부터 미 츠루는 나를 연인으로서 인식할 수 없게 되어버렸다.

환자분의 가장 가까운 아군이 되고 싶다고 말하면서, 내 심정을 이해해준 하케 선생님은, 그녀에게 자신이 누구인 지 밝히고, 다가가도 된다고 말해주었지만.

그녀가 죄책감에 얽매여 우는 얼굴을 언젠가 보게 되는 게 아닐까 생각하면, 나는 그 자리에서 모든 것들을 다 밝 힐 마음이 들지 않았다.

다만 올바른 일을 하려고 했다, 그뿐인 것이다. 기억을 잃은 자신을 탓할 필요는 무엇 하나 없다.

그러니까 나는 연인이 아니라, 지금 그녀에게 비치는 그 대로 타인으로서 대하고, 지켜보는 길을 선택했다.

잃은 인연을 다시 반복해가는 것은 절대 쉬운 일이 아니 겠지, 그러나, 그렇다고 해도…….


돌아갈 때, 하케 선생님은 조금 더 나에게 이야기를 들려주었다. 내가 앞으로 어떻게 움직이고, 그녀와 마주해야 할 것인가? 선생님의 제안은 이랬다.

"깊은 인상이 남은 사건은 다시 체험하면서 떠올리는 경우가 있어."

예쁜 풍경, 간 적이 있는 장소, 들은 적이 있는 말. 형태는 다양하더라도, 기억은 사소한 일에 자극을 받고 재생된다는 것.

나한테 부적을 쥐어주는 듯이, 선생님은 마지막까지 의연한 태도로 조언을 주었다.

"미츠루(美鶴)와 카메이도(亀井戸)라. 참으로 잘 어울리는 두 사람이야."

그리고 마지막으로, 이런 긴장감이 없는 소리를 하면서 배웅했다.

"학(鶴)과 거북이(亀)라니 복이 많은 조합이잖아. 그러니까 너희에게도, 부디 행운이 찾아오기를. 간절히 기원하겠어."


휴대전화를 쥐고, 얇은 이불 속에서 몸을 웅크리고 잠들었다.

발밑에 라이스가 조용한 숨소리를 내며 자고 있다. 미츠루가 묵고 가려고 왔을 때는 반드시 그녀의 이불에 파고들어서 우리의 중심에 자리를 잡았는데, 최근에 그런 밉살스러운 장면은 볼 수 없었다.

'어차피 금방 이사 올 테니까 상관없잖아요.'라면서 그녀가 어느 사이에 베란다에 진열해 놓은 수십 종류의 선인장 화분과 칼랑코에, 아에오니움, 방울복랑 같은 나로서는 뭐가 뭔지 전혀 구별되지 않는 다육식물의 화분들도, 그녀가 돌보지 못하게 되고 기분 탓인지 쓸쓸하게 보였다.

선잠을 자던 미츠루의 얼굴을 몰래 찍었던 2인용의 소파.

각이 없는 편이 기분도 둥글어질 것 같다고, 그녀의 이상한 독단으로 결정된 거실의 둥근 테이블. 그녀가 좋아하는 하늘색의 차광 커튼.

이게 귀여워서 좋아, 라고 말하고 구매한 라이스의 강아지 밥그릇과 색이 다른 슬리퍼와 머그잔.

부엌 찬장에 다양한 브랜드의 다양한 청소용 세제가 들어있는 것은 '신제품 발매'라는 문자를 보면 시험해보고 싶어 하는 미츠루가 다 소비하기도 전에 더 구매해서 쌓아버리기 때문이다.

재고는 하나면 충분한데, 라고 생각하고 있다가도 냉장고에 내가 좋아하는 에너지 드링크가 들어가 있는 걸 확인하면, 뭐 됐다는 기분에 넘기는 게 일상이었다.

　방 안 이곳저곳에 그녀와 보낸 나날이 담겨 있어서, 시야에 비치면 추억이 멋대로 재생된다.

　오늘도 그녀는 제대로, 밥을 먹고 있을까?

　머리의 상처, 아파 보였는데 조금은 좋아졌을까?

　기억에 관해서 깊이 고민하지 않았으면 좋겠는데.

　……아아.

　……만나고 싶구나…….

　눈꺼풀이 만들어낸 암흑 속에서 스르륵 떠오르는 본심을 지우려는 듯이 몸을 뒤척였다.

　지금은 기다려야 해.

　내가 그녀와 다시 첫 만남을 반복하기 위한 '최초의 때'를 기다리는 것이다.

　뿜어져 나오려고 하는 나약한 마음을 가슴 속 깊은 곳에 가라앉히고, 나는 잠이 들었다.

　다음 날 아침, 알람보다 빨리 휴대전화가 울렸다.


　하케 선생님에게.

미츠루가 퇴원해서, 모래부터 직장으로 복귀한다는 알림이었다.

## • 3 •

미츠루가 직장으로 복귀한 날.

나는 수행승처럼 묵묵히 업무를 해치우다가 정시에 딱 맞춰서 퇴근하곤, 그 발길로 쇼핑센터의 애완동물 가게로 향했다.

자주 다녀서 익숙한 가게인데도, 마치 오랫동안 줄을 서서 기다리다가, 오늘에야 겨우 들어갈 수 있었던 것 같은 이상한 긴장감에 휩싸였다.

출입구 근처에서 심호흡하고, 일직선으로 안쪽 애완동물 가게를 목표로 이동했다.

침구 판매장을 빠져나가자 애완동물 사료를 진열한 선반이 나타나고, 다음으로 열대어와 거북이, 금붕어의 수조가 늘어서 있는 아쿠아 코너, 햄스터와 잉꼬 같은 작은 동물 코너를 통과하자, 기운이 넘치는 강아지의 울음소리가 들려왔다.

혈통서 붙은 새끼강아지와 새끼고양이가 한 마리씩 들어간 4단 7열의 유리문 진열 상자. 샴푸와 애완 미용 접수 카운터. 구매 계약용으로 놓여 있는 테이블. 난색 계열로 차분한 벽지에 그려진 개와 고양이의 귀여운 일러스트, 왁스칠이 된 청결감이 있는 하얀 바닥. 미츠루가 일하는 애완동물 가게이다.

눈에 띄지 않도록 진열대에 몸을 기대고 나는 시선만을 움직여 그녀가 있는 장소를 찾았다.

시각은 19시 20분. 평일의 폐점 직전이라 손님의 발길이 완전히 끊긴 판매장. 이 시간대라면, 스태프는 안에서 개와 고양이들을 돌보며, 가게 안의 청소, 늦은 휴식을 취하고 있겠지?

일이 끝나고 돌아가는 길에 애완견용 간식을 사러 온 손님으로 가장하고 애완동물 가게의 바깥쪽을 크게 돌았다.

등을 쭉 펴고 있는 단정한 뒷모습을 발견하는데 내 눈은 시간을 들이지 않았다.

긴 머리카락을 하나로 묶고, 빗자루를 쥐고 바닥 청소를 하고 있다. 사건의 상처는 아직 치유되지 않았는지, 머리에 얇은 붕대가 감겨 있었다.

천천히 이쪽으로 돌린 옆얼굴은 왠지 모르게 피로가 배

어 있었으며, 때때로 그녀는 멈춰 서더니 가게 안을 신기한 듯이 둘러보고 한숨을 쉬었다.

미츠루가 이 애완동물 가게에서 근무한 지는 분명히 3년하고도 수개월.

3년 분량의 기억이 지금은 없다고 치면, 남은 수개월은 신입 시절의 기억뿐. 그러니까 1년 전에 시행된 가게의 대규모 개장을 지금의 그녀는 모르고, 익숙하지 않은 직장의 모습에 당혹감을 감추지 못하는 것이리라.

나는 평소에도 이 애완동물 가게를 자주 다니고 있었기에 (살 물건을 찾는 척하면서, 사실은 미츠루가 목적이었다는 사실은 아무도 모를 것이다.), 스태프들과 아줌마 부점장과도 면식이 있고, 가끔 대화도 했다.

사건 이후 개 사료를 사는 겸 잡담을 가장해서 은근슬쩍 물어보니, 다들 부재중인 미츠루를 무척 걱정하고 있었다.

그녀 자신도 직장으로 돌아가고 싶다는 의사를 표현했다고 하는데 상황이 상황인지라, 당시에는 점장이 사직을 권유할 예정이었던 모양이다.

예전에 들었는데, 이 애완동물 가게의 쿠마가야 점장이라는 사람은 은근히 삐뚤어진 성격을 지닌 중년 남성이라, 평소에도 여성 스태프와 기가 약한 스태프에게 과도하게 이죽거리는 등, 상사로서는 바람직하지 못한 음습한 태도를 보여 왔다고 한다. 그래서 이게 기회라는 듯이 잘라내려고 한 것이리라.

그러나 그날, 미츠루가 잡으려고 했던 범인은 며칠 전에 근처의 주점과 슈퍼, 가전 양판점에서 고액의 물건을 대량으로 훔쳐서 도망치고 있던 상습범으로, 애완동물 가게의 상품을 포함해서, 쇼핑센터가 입었을 피해액도 수십만 엔은 가볍게 뛰어넘는 모양이었다. 결과적으로 범인 체포에 크게 기여한 미츠루에게는, 경찰에서도 쇼핑센터에서도 칭찬을 받고, 감사장이 날아왔다고 한다.

거기다가 몸을 던져 가게의 피해를 막은 그녀를 퇴직으로 몰아넣는 것은 너무나도 무자비하다고 감싸는 목소리가 높아지고, 상세한 내용을 알게 된 본사도 퇴원 후의 복귀를 인정해, 위태로웠던 미츠루의 퇴사는 백지화가 되었다.

직장 사람들과 회사가 편을 들어줘서 앞길이 불안했던 그녀도 구원을 받았다는 이야기다.

나도 그 이야기를 듣고 진심으로 안심했다. 기억만이 아니라, 무척 좋아하던 직장까지 잃게 되어버렸다면, 그녀는 더 슬픈 경험을 하게 되었을 테니까.

……자 그럼. 이야기가 멀리 갔는데, 여기부터가 본론이다.

주위에는 쇼핑하는 손님도, 다른 스태프도 보이지 않았다. 움직이려면 확실히 지금이다.

평정을 가장하고 진열 상자로 향한 뒤에, 1단 가장 구석에서 폴짝폴짝 뛰는 퍼그 정면에 웅크리고 앉았다.

분명히 그랬다. 내가 처음으로 그녀와 접촉하려고 했을 때도, 이런 느낌이었다.

"퍼그, 귀엽죠──. 사람을 잘 따르고 꽤 인기가 있답니다. 집에서 강아지를 키우시나요?"

적당히 집게손가락을 움직이며 강아지의 시선을 끌고 있자, 등 뒤에서 발걸음이 다가온 것은, 의외로 빨랐다. 누가 말을 걸자 나는 신중하게 준비했던 차분함을 놔버리고, 반사적으로 뒤돌아봤다.

빗자루를 양손으로 들고, 상냥한 표정으로 이쪽을 들여다보는──미츠루.

오랜만에 그녀를 가까운 곳에서 본 탓에, 긴장의 미터가 눈금 밖으로 벗어나 버리고, 다음에 해야 할 말을 잊어버릴 뻔했다.

"아아, 저기 그게. ……네, 키우고 있습니다. 키우고 있죠, 일단."

너무나도 슬플 정도로 나는 어색하게 대답했다.

아니, 안 된다, 이래선. 평상심, 평상심.

마음속으로 필사적으로 반복하고 있자, 나를 보고 있던 미츠루가 갑자기 움찔하고 어깨를 떨었다. 거기서부터 표정이 굳어지는 게 보였다.

"당신…… 은."

병원에서 껴안았던, 그 이상한 사람――. 그렇게 생각할 것이다.

은근슬쩍 한 걸음 뒤로 물러서고, 레몬색의 앞치마에 달려 있던 명찰을 떼더니 재빠르게 주머니에 넣었다.

웃고 있었던 눈동자에 경계의 빛이 겹쳐지고, 기억을 확인하는 듯이 눈을 가늘게 떴다.

"얼마 전에, ……병원의."

그 뒤를 말하기 전에, 나는 쓰고 있던 안경을 과장되게 밀어 올리며, 이상하다는 듯이 고개를 갸우뚱했다.

"병원……?"

"앗."

나의 태연한 태도에, 그녀는 돌처럼 굳어졌다.

그리고 다시 빤히, 의심스럽다는 듯이 나를 봤다.

"저기, 만났었죠……? 얼마 전에?"

"그랬… 던가요……?"

거의 없는 연기력을 쥐어짰다.

"얼버무리는 거 아닌가요?"

"얼버무린다고 말해도, 저기 그게."

"그럴… 리가…….."

미츠루는 입을 꼭 다물고, 뒤통수를 잡았다.

열심히 나의 반응을 관찰했지만, 한동안 불안하게 시선이 허공을 떠돌더니, 갑자기 휙 고개를 숙였다.

"죄송합니다. 저기, 사람을 잘못 봤네요…… 죄송해요."

그녀의 말에, 나는 눈치채지 못하게 긴장을 풀고 한숨을 쉬었다.

안경을 쓰고 있을 때와 벗었을 때의 인상이 확 바뀐다. 그런 말을 들은 적이 몇 번 있는데, 사실이었던 모양이다.

그날, 나는 안경을 벗은 채로 미츠루를 만났다. 왁스로 세우고 있던 머리카락도 엉망으로 흐트러져 내려왔고, 덤으로 온몸은 물에 젖은 생쥐 꼴. 설령 동일인물이라고 해도, 오늘의 나와 그날의 나는 꽤 많이 다르게 보일 것이다.

타인으로서 다시 만나려면, 내가 미츠루에게 주고 만 최악의 인상을 어떻게든 할 필요가 있었다.

'그렇다면 차라리, 사람을 잘못 봤다고 생각하게 하면?'
이라는 하케 선생님의 거리낌 없는 조언을 받았을 때, 그
렇게 간단히 될 리가 없다며 나약해졌었지만, 아무래도 3
주일 만에 불쾌한 기억은 그녀의 안에서 어느 정도 모호
해졌는지, 의외로 쉽게 나는 미츠루의 경계 대상에서 제
외되었다.

"죄송합니다, 실례가 되는 말씀을 드렸네요."

몇 번이고 미안하다고 사과하는 그녀에게, 나는 허둥지
둥 말을 덧붙였다.

"아, 아뇨아뇨, 괜찮습니다. 있죠, 있을 수 있죠, 사람을
잘못 보는 정도는……!"

다가가기 위해서라지만, 본래 사과해야 하는 건 거짓말
을 하는 내 쪽이다.

미안, 하고 나는 내심 속삭였다.

"……귀엽네요."

"네?"

"좋아하시나요, 퍼그?"

마음을 다잡고, 미소를 지으며 접객을 이어가려는 미츠
루에게, 나는 감사했다.

"개성적인 얼굴이라 참 귀엽다는 생각이 들어서요. 얼마 전에 했던 드라마에 등장하는 걸 보고, 좋다 싶었습니다."

"아아, 이렇게 얼굴이 눌린 형태의 단두종, 흔히 말하는 못생긴 귀여움이 있는 아이들은 한번 매력에 빠지면, 빠져나올 수 없죠. 괜찮으면 한번 안아 보시겠어요?"

"괜찮습니까?"

"네, 손님이 안아주시면, 강아지도 사람과 친해지는 훈련이 되니까요."

"그럼, 잠깐만."

허리에 매고 있던 소독 스프레이 통을 꺼내고, 내 양손에 뿌리는 미츠루.

퍼그의 케이스가 열리고, 꼬리를 살랑살랑 흔드는 귀여운 새끼강아지가 그녀의 손에서 내 손으로 건네졌다.

두근두근두근 하고, 빠르게 뛰는 고동이 피부로 전해지고, 작고 따뜻한 혀가 내 턱 아래를 살짝 핥았다.

"이 아이, 암컷입니까? ……와, 귀엽구나."

그렇게 말하면서도, 안고 있는 자세가 안정되지 않았다. 키우고 있다고 해도 강아지를 안은 것은 아득히 먼 옛날의 기억. 활발하게 움직이는 새끼강아지는, 조심하지 않으면 팔에서 굴러 떨어질 것 같고, 너무 작은 체구는 힘을 얼마나 줘야 할지 망설여졌다.

"엉덩이 아래로 손을 넣고, 배를 지탱해주면 안정돼요…… 이렇게."

두고 보지 못하겠는지 미츠루가 도움의 손길을 뻗었다. 좀처럼 어쩔 줄을 모르는 내 손에, 얇고 보들보들한 손가락 끝이 닿자, 마법이라도 걸린 듯이 마구 버둥대던 새끼 강아지의 몸이 단단하게 내 팔 안에 보듬어졌다.

처음에 만난 그날과 완전히 같은 대화였다.

"아아. 과연 애완동물 가게의 점원분이네요, 안기 편하네."

내가 웃자, 미츠루도 싱긋 귀여운 미소를 돌려줬다.

"상처, 괜찮으신가요, 머리의……."

"아, ……네."

머리의 붕대를 한쪽 손으로 만지며 미츠루는 쓴웃음을 지었다.

"조금, 여러모로 일이 있어서. 덜렁대는 편이라……. 하지만 겉으로 보는 것만큼 심하지 않아요."

"그런가요? 빨리 나으면 좋겠네요."

"예, 감사합니다."

정중하게 인사하는 미츠루.

그때, 괜히 더 그녀가 멀리 느껴졌다.

잊혔다고 해도, 우리가 길러온 3년의 유대는 절대 무르지 않다.

그런 기대에 매달려 있던 건 아니지만, 기억장애라는 건 생각 이상으로 쉽지 않다고 실감했다.

정말, 그녀는 3년 전으로 돌아가 버린 것이다.

둘이 걸었던 산책로, 신사에 사는 고양이들 한 마리 한 마리에 이름을 붙였던 일. 그 길 도중에 발견한 작은 카페에서 마신 크림소다의 맛.

요리 초심자인 내가 억지로 만든 파멸적인 볶음밥을 맛있다며 땀을 흘리면서 먹어준 그때의 일 역시.

나들이하러 간 식물원에서 같이 선택한 선인장 화분. 동거하지 않겠냐고 상담했을 때, 수줍어하면서도 허락해준 그 날의 일 역시.

미츠루가 돌아오기를 충견처럼 계속 기다리는 라이스의 일도 지금 그녀는 모르는 것이다.

벚꽃의 터널이라면서, 흩날리는 꽃잎 속을 나란히 걸었던 옅은 분홍빛 가로수길.

검은색과 붉은색이 우아하게 떠도는 투명한 수조, 보석

처럼 빛나는 사탕 세공의 실연 판매를 질리지도 않고 지켜보았던, 그 여름의 축제.

붉은색과 노란색으로 물든 산에 둘러싸인 맑은 물에서 낚시하던 때, 발이 미끄러져서 두 사람이 같이 푹 젖어 버렸을 때와 깃털처럼 내려오는 눈을 잡고 기쁜 듯이 나를 돌아봐 주었던 그때 역시. 전부——.


"그럼 나중에 또."
"네, 그럼 내일."


"그러고 보니, 그날 말이지."
"예, 그랬죠."


그렇게 내가 말하면, 당연한 듯이 대답해주었었다. 하지만 그런 관계가 아니게 되어버렸다. 우린.

그날부터, 몇 번이고 몇 번이고 자신을 설득했을 텐데.

잃어버린 것의 크기가, 지금에 와서 절절히 내 몸에 스며들고 있는 듯했다.

……아니.

이런 일은 이미 각오한 바였다.

일일이 비관해서는 안 된다.

굳게 닫힌 입술을 풀고, 나는 그녀의 팔에 살짝 새끼강아지를 돌려주었다.

"감사했습니다. 슬슬, 가봐야겠네요. 다시 와도 될까요? 저, 개를 좋아해서."

"예, 기다리겠습니다."

"상처, 잘 돌보세요."

돌려받은 새끼강아지를 소중한 듯이 안은 그녀에게 미소를 짓고, 떠나려고 하자.

"저기."

그녀가 나를 불러 세웠다.

"네……?"

"저기 그게……. 그, 전에…… 어딘가에서… 만난 적이… 없나요?"

말을 하면서도 당황한 표정을 지었다.

그런 그녀에게, 나는 눈을 가늘게 뜨고, 다시 입가에서 힘을 뺐다.

"없다고 생각합니다. 만난 적은, 분명히…… 오늘이 처음입니다."

쇼핑센터에서 나와, 나는 일단 푸드 코트 바깥의 벤치로 돌아왔다.

여러모로 심사가 복잡했다. 하지만, 미츠루와 대화할 수 있어서 좋았다.

머리의 상처도 조금은 좋아진 것 같아서, 안심했다.

미소를 볼 수 있어서, 다행이야…….

그렇게 생각하면 가슴속의 아픔이 완화되었다.

쿵——하고 누가 갑자기 등을 친 건, 바로 그때.

돌아보니, 미츠루와 같은 레몬색의 앞치마를 입은 여자가 서 있었다.

"아……, 죄송합니다, 미츠루 선배가 아니라."

밝은 머리카락 색깔에, 상당히 몸집이 작아서 그 외모는 중학생으로 봐도 이상하지 않다.

그녀는 분명히…….

"저기, 카메이도 씨……였던가요? 저는, 네코무라(猫村)라고 합니다. 가게에서 몇 번 대화한 적이 있죠?"

그랬다. 그녀는 미츠루의 전문학교 시절 후배이며, 평소에도 친하게 지낸다고 들었으니까, 본인이 아는 것 이상으로 전부터 나는 그녀를 알고 있었다.

큰 고양이 눈에, 웃을 때 살짝 보이는 덧니, 새끼 고양이 같은 얼굴의 동안 여성.

면식이 있다고는 해도, 가게 밖에서 말을 건 것은 처음이었다. 그럼 어째서, 네코무라 씨가 이 타이밍에 나에게 말을 걸었을까?

묻기 전에 그녀가 질문을 던졌다.

"저기요. 조금 긴히 물어보고 싶은 일이 있는데, 시간 괜찮으신가요?"

"어? 으, 응."

"갑작스럽지만. 카메이도 씨, 미츠루 선배와 사귀고 계셨죠?"

내 반응을 보고, 네코무라 씨는 역시라는 표정을 짓더니, 한 톤 높인 목소리로 기세 좋게 말했다.

"역시! 두 사람은 사귀고 계셨던 거네요……!!"

예상하지 못한 직구에 눈을 계속 깜빡이고 있자. 그녀도 나를 흉내 내서, 눈꺼풀을 바쁘게 움직였다.

"저기, 그게."

"사귀고 계셨죠?"

더 추궁을 받고 거짓말을 할 수도 없는 노릇이라, 고개를 끄덕였다.

"역시! 그도 그럴 게 카메이도 씨는 자주 가게에 오셨으니까요. 많을 때는 주 3, 4번은 강아지의 사료를 사러 오셨고, 완전 이상하잖아요! 그러니까 다른 이유가 있는 거 아닐까— 하고 계속 생각했어요! 그래서 관찰했더니, 미츠루 선배를 눈으로 좇기도 하고, 선배도 선배대로 왠지 좀 의식하는 느낌이 있었으니까. 이 두 사람 어쩌면, 이라고!"

양손을 짝 맞부딪히면서, 네코무라 씨는 눈을 빛냈다.

굉장한 통찰력이야……. 그녀에게 나는 수많은 손님 중 하나에 불과할 텐데, 설마 그렇게까지 꿰뚫어 보고 있었다니, 너무나도 잘 알고 있어서 변명할 수가 없었다.

아니 그보다, 그건 오히려 내 행동이 너무 노골적이었다는 이야기일까? 돌이켜 생각하니 왠지 부끄러워졌다.

"그런가—, 그러네요! 두 사람이 잘 어울리니, 납득!"

그녀는 추리가 맞았다고 혼자 기뻐했지만, 조금 지나 풍선에서 바람이 빠지는 듯이 표정이 어두워졌다.

"죄송해요……, 그게 아니었죠. 듣고 싶었던 건 그게 아니라……."

거북한 듯이 말하더니, 이번에는 부산하게 발밑을 찼다.

"미츠루 선배의 기억에 대한 것…… 인데요."

나는 아아…… 라고, 그녀가 무슨 말을 하고 싶어 하는지 파악했다.

"카메이도 씨, 알고 계신 거죠?"

"응, 병원에서 들었으니까."

"그러…… 네요. 저희도 깜짝 놀랐어요. ……저기, 자신에 관해서 선배한테 설명하지 않은 건가요……?"

그렇다고 대답하자, 네코무라 씨는 믿을 수 없다는 듯이 눈을 동그랗게 떴다.

"어째서인데요! 그도 그럴 게 선배와 카메이도 씨는 연인 사이인데, 숨겨둘 필요 따위 없는 거 아닌가요?!"

"사실을 말하면, 미츠루가 지금보다 더 초조해하진 않을까 생각했어."

초조함이 기억장애의 회복을 막고, 그녀의 심신에도 영향을 끼치게 될지도 모른다. 미츠루의 지친 모습을 보고, 새삼 지금 타이밍에 이야기하는 건 상책이 아니라고 생각했다.

"그러니까 설명하는 건, 조금 더 진정되고 나서 하자고 생각 중이야. 그때까지는……, 막 만난 손님으로서 대할 작정이었어."

"그걸로 괜찮으신가요? 선배를 위해서라고는 해도, 그

러면 카메이도 씨가 괴롭지 않으신가요?"

"지금 괴로운 건 미츠루 쪽이니까. 나는 괜찮아. 그보다 네코무라 씨, 혹시 그녀가 업무로 힘들어하면, 그때는 부디 도와주지 않겠어? 부탁할게요."

내가 머리를 숙이자 네코무라 씨는 한동안 복잡한 표정으로 신음했다.

"알겠습니다. 그럼, 저도 끼워주세요……!!"

"네?!"

"목을 들이밀고서 '열심히 하세요'만으로 그냥 넘어가면 너무 분위기 파악 못 하는 거잖아요? 저도 가능한 일이 있다면 협력할게요! 두 사람의 사이가 원래대로 돌아오도록 응원하고 싶어요! 안될까요?"

갑작스러운 요청에 나는 당황했다.

"그런…… 미안한데."

"아니요, 곤란할 때 혼자보다 두 사람이 낫죠! 카메이도 씨가 없는 사이에, 제가 책임감을 지니고 선배를 지켜볼 테니까, 무슨 일이 있으면 바로 알려드릴게요!"

"그건 고맙긴 한데, 그래도."

나의 주저하는 태도도 가볍게 튕겨내더니, 네코무라 씨는 의기양양하게 말하고는 주머니에서 메모장을 꺼내 거기에 펜으로 뭔가 휘갈겨 썼다. 내민 메모에는 그녀의 연락처가 적혀 있었다.

"이거, 괜찮으시면 이용해주세요. 선배가 지금 힘들다는 것은, 저도 잘 알고 있어요. 그러니까 저도 선배의 힘이 되고 싶어요. ……그리고."

"그리고?"

"이렇게 상냥한 남자친구가 있다는 중대한 사실을 듣지 못했으니까요! 게다가 3년이나 계속 숨기고 있었다니! 미츠루 선배가 제대로 기억해냈을 때는, 서운하다고 추궁하고, 잔뜩 연애 이야기로 꽃을 피우고 싶거든요!"

의욕이 넘치는 모습으로 네코무라 씨는 가슴을 쭉 폈다. 아무래도 80프로는 그게 동기일지도 모르겠다.

그녀의 조금 억지스러운 요청은 그야말로 타이밍이 딱 좋아서 고마움까지 느껴졌다. 그렇다고는 해도, 이건 우리들의 문제다. 나는 마음만 받아들이고 정중하게 거절하려고 했지만, 최초의 접촉을 끝내고 해결을 위해 혼자 발버둥치는 데에 상당한 곤란함을 느끼고 있었던 것도 사실이라, 협력해주는 사람이 있는 것에 마음이 든든했다. 거기에 더해서 같은 직장에 있는 사람이라면 미츠루의 평소 모습도 확인할 수 있을 테고, 그 이상으로 여자끼리라면 여러모로 이야기하기 쉬울 것이다.

고민한 끝에, 그녀의 호의를 나는 솔직히 받아들이기로 했다.

"고마워, 네코무라 씨. 도움이 많이 될 것 같아."

"최대한 도와드릴 테니, 팍팍 부탁해주세요."

생각지도 못한 협력자의 등장은 내 마음에 살짝 희망을 가져다주었다.

## • 4 •

장마가 끝났다고 겨우 발표된 7월 하순의 일요일.

그날 미츠루의 하루는, 조심스럽게 말해도 최악이었을 것이다.

낮까지 자격시험 공부를 하던 나는, 저녁에 퇴근하는 미츠루를 다시 만나러 가려고 생각하고 있었다.

빠른 속도로 할당량을 해치우고, 흔히 볼 수 있는 무난한 패션에 한쪽 어깨로 매는 가방을 메고, 기합을 넣기 위해서, 에어컨 아래 힘없이 쭉 퍼져 있던 라이스에게 경례했다.

벌떡 일어나서 배웅해 주리라고 생각했지만, 애견은 완전히 냉풍의 노예가 되어서 주인에게 눈길도 주지 않고 꼬리만으로 배웅 인사를 끝내는 모양이다.

더위도 있겠지만, 아무래도 미츠루가 방에 오지 않게 된 것에 관해서 삐쳐 있는 것 같았다. 많이 좋아하던 공놀이도, 간식인 육포도, 최근에는 그다지 기쁘게 달려들지 않았다.

"다녀올게."

무슨 말을 해도 꼬리로 대답하는 라이스에게 집을 맡기고, 나는 자택에서 나갔다.

13시 무렵.

쇼핑센터로 가서, 2층의 패스트푸드 가게의 카운터 자리에 앉았다.

조금 준비가 너무 빨랐다는 기분이 들었지만, 나는 앞으로 2번째의 접촉을 어떻게 자연스럽고 무리 없이 해치워야 할지 작전을 짜야만 했다.

딱 맞춰서 쑥 들어가, 막무가내로 말을 거는 것은 너무 위험하고. 그녀에게 나는 초면에 가까운 손님이어야만 했다. 괜히 허술한 짓을 해서, 병원에서 껴안았던 수상한 사람이라고 눈치 채면 끝이다. 항상 신중해야 하겠어.

주문한 냉커피에 빨대를 꽂고 시선을 아래로 내렸다.

가게 안은 'ㄷ'자 형태를 하고 있어서, 안쪽의 카운터 자리에 앉으면 1층 플로어의 상황을 바라볼 수 있게 되어 있어서 재미있다.

바로 아래에는 일용품 코너, 그 옆에는 가구 가전, 벽 앞에 전개된 애완동물 코너도 이 위치에서는 잘 보였다.

여름휴가와 일요일이 겹쳐서, 플로어는 여기저기 가족 동반 손님들로 북적거리고 있었다. 애완동물 가게도 예외는 아니라서, 레몬색 앞치마 차림의 스태프들은 각 판매장에 흩어져서 숨 쉴 틈도 없이 접객 대응에 쫓기고 있는 모양이었다.

그런 혼잡한 가운데, 역시 미츠루도 있었다.

엄지손가락 크기 정도로 보이는 그녀는 걸레와 양동이를 손에 들고, 손님의 방해가 되지 않도록 조심하면서 플로어의 청소를 하고 있었다.

미츠루가 복귀한다는 것은 즉 도움도 안 되는 직원이 늘어나는 것과 같은 의미라면서, 소문의 점장이 가장 많이 반대했던 모양이라, 복귀하고 나서는 무슨 일만 있으면 강한 어조로 야단치고, 접객은 전혀 가르치지 않으면서 온종일 청소만 시킨다는 네코무라 씨의 정보가 이것으로 확실해졌다.

노골적인 괴롭힘을 받고 있는데 미츠루는 불만도 늘어놓지 않고, 이게 지금 자신에게 걸맞은 임무라고 감수하고 있는 것이리라. 바닥에 무릎을 꿇고 부지런히 손을 움직이는 그 모습은 하녀 취급받던 신데렐라처럼 애달파서 가슴이 조금씩 아파졌다.

열심히 일하는 옆얼굴에 '힘내'라고 나는 마음속으로 응원을 보냈다.

뭔가 그녀를 기쁘게 해주고 싶다. 일을 열심히 하는 미츠루가 안심할 수 있을, 뭔가를……

생각하는 도중에, 해프닝이 일어났다.

바닥 청소를 끝내고, 진열장을 닦고 있던 미츠루가 의아하다는 표정으로 목을 쭉 빼더니, 조금 지나서 빠른 걸음으로 진열 상자 쪽으로 향했다.

그 모습을 눈으로 좇고 있자, 그녀가 뭘 눈치 챘는지 금방 알 수 있었다.

유치원생 정도로 작고, 게다가 금발의 남자아이가, 진열 상자의 2번째 줄에 있는 유리문을 난폭하게 마구 치고 있었다.

애완동물 가게에서 자주 볼 수 있는 장면일지도 모른다. 하지만 절대 내버려둘 수 있는 일은 아니다. 다른 스태프들도 신경은 쓰였지만, 접객하느라 손을 쓸 여유가 없는 모양이었다.

그곳으로 미츠루가 걸레와 양동이를 안고 달려가서 무

릎을 꿇고, 남자아이에게 말을 걸었다.

　몸짓 손짓으로 열심히 '두드리지 마, 멍멍이가 깜짝 놀라잖아.'라고 전달하고 있는 모양이었다.

　그러나 남자아이는, 전혀 이야기를 듣는 기색이 없이, 문을 두드리며 계속 고집을 부렸다.

　보호자 동반이 아니라면 아이에게 새끼강아지나 새끼고양이를 안겨줄 수 없다는 규정은 대체로 어느 가게에나 있다. 그녀도 그 이야기를 전달하고 있는 모양이었는데, 아무리 시간이 지나도 남자아이의 보호자는 나타나지 않았다. 미츠루가 어쩔 수 없다는 듯이 청소도구를 발밑에 내려놓고, 가장 윗단에서 치와와를 꺼내, 거기서 그에게 보여주듯이 몸을 살짝 굽혔다. 하지만——.

　그래도 불만이었는지, 남자아이는 미츠루의 품 안에서 새끼강아지를 빼앗아, 놀랍게도 공이라도 던지듯이 바닥으로 내동댕이쳤다.

　위험해——.

　반사적으로 일어날 정도로 충격적인 순간이었다.

　새끼강아지가 저항도 하지 못하고 떨어져서, 단단한 바닥에 격돌하는——그 직전에 미츠루는 양팔을 뻗어서, 몸 전체를 사용해서 새끼강아지를 감싸 안고, 낙법도 제대로 취하지 못하고 굴렀다.

그녀의 몸이 양동이랑 격돌하고, 더러운 물이 그 자리에 뿌려지면서, 그걸 미츠루는 흠뻑 뒤집어썼다.

오가던 사람들도 그녀의 기행에 발을 멈추고, 주위가 소란스러워졌다.

아슬아슬하게 새끼강아지를 지킨 미츠루는 흠뻑 젖은 몸을 떨면서 어떻게든 얼굴을 들고, 뒷걸음질 치는 남자아이를 노려보더니, 그때 뭔가를 말했을지도 모르겠다.

와락 얼굴이 일그러지는가 싶더니, 쏘아 올린 폭죽처럼 남자아이가 크게 울음을 터트렸다.

그리고 그 절규를 듣고 나타난 게, 그림으로 그린 듯이 화려한 복장의 젊은 엄마였다.


그때부터 몇십 분 동안 멀리서 봐도 알 수 있을 정도로 남자아이의 엄마가 격노하더니, 물이 뚝뚝 흐르는 미츠루에게 달려들 것 같은 모습이 계속 연출되었다.

미츠루는 몇 번이고 머리를 숙이고, 필사적으로 설명한 모양인데 아이엄마의 분노는 가라앉지 않았다. 얼마 지나지 않아 뚱뚱한 점장이 안에서 나왔지만, 냉정하게 이야기를 듣기보다는 꾸벅꾸벅 머리를 계속 숙일 뿐이라 상황은 전혀 변하지 않고, 오히려 분노의 불꽃에 기름을 퍼부어 붓고 있는 듯이 보일 정도였다.

미츠루는 치맛자락을 꽉 쥐고 울 것 같은 표정이었다. 그녀에게 향해지는 욕설이 이곳에까지 들리는 것 같아서, 커피가 든 종이컵을 움켜쥔 손이 떨렸다.

상품을 선반에 진열하던 네코무라 씨가 선반 뒤에서 안절부절못하는 표정으로 나오고, 판매처를 중심으로 펼쳐지는 참극에 긴박한 눈빛을 보내고 있었다.

안 되겠어…… 이제 더 두고 볼 수는 없어…….

나는 패스트푸드 가게에서 뛰쳐나와, 계단을 뛰어 내려갔다.

제삼자라는 사실은 알고 있다. 하지만, 가만히 보고 있기에는 너무 지독한 광경이다.

인파를 가르고, 어떻게든 나는 현장으로 다가갔다.

"성의가 전달되지 않잖아! 빨리 무릎을 꿇으라고!!"

인파 뒤에서 그런 폭언까지 들려왔다.

웃기지 마! 그녀는 아무런 잘못도 하지 않았어!!

"……이제 충분하시지 않습니까, 손님?"

그 자리에 끼어들기 직전에, 옆에서 차분한 목소리가 던져졌다.

상냥한 표정의 남성 스태프가 당황한 기색도 없이 내 옆을 지나가더니, 분노의 정점에 있는 아이엄마와 정면에 섰다.

"뭐야, 넌 뭔데?!"

"가족과 함께 오셨는데 불쾌한 기분을 겪게 해드려서 정말 죄송합니다. 저는 사원인, 누에가하라(鵺ヶ原)라고 합니다."

"잠깐 너, 물러서있어."라고 작은 목소리로 점장이 책망했지만, 그는 의연한 태도로 격노하는 아이엄마를 내려다보더니, 뒤에서 고개를 숙이고 있던 미츠루의 머리에 수건을 덮었다.

"아드님도 많이 놀라셨겠죠. 하지만 그녀도 그녀대로 이유가 있어서 그런 행동을 한 겁니다. 그녀는 늘 성실하게 자기가 맡은 일을 하고 있었습니다. 절대 손님을 불쾌하게 만들려고 했던 것이 아닙니다. 그런 점 부디 관대하게 이해해주셨으면 합니다."

"뭐?! 우리 아이를 울리고는 뭐가 성실하다는 거야?"

"그럼 그녀가 무릎을 꿇고 사과할 정도의 실수를 저지르지 않았다는 사실을 증명해드려도 괜찮겠습니까?"

산뜻한 표정으로 그가 집게손가락으로 천장을 가리켰다.

"그렇죠. 마침, 저 부근에 방범 카메라가 있으니, 괜찮으시면 같이 사무실 쪽으로 가주실 수 있겠습니까? 손님 자신의 눈으로 영상을 확인하신다면, 분명히 이해하실 수 있으실 테니까요."

웃는 얼굴이지만, 저자세가 아니다. 유효한 칸에 상성 우위인 말을 두는 것처럼, 자연스럽지만 낭비가 없는 유도. 확연하게 이런 상황에 익숙하다. 아마 이 사람은 적으로 돌리면 귀찮은 인간일 것이다.

그렇게 느낀 것은 나만이 아닌 듯했다. 지금까지 의기양양한 표정이었던 아이엄마의 어조에 살짝 초조함이 섞였다.

"카, 카메라가 뭐 어쨌다는 거야!"

"……이제 그쯤 해두지? 이 이상은 네가 더 창피해질 뿐일 텐데."

그래도 계속 소리치려던 아이엄마의 어깨를 뒤에서 두드린 건 양복 차림으로 어이없다는 표정을 짓는 초로의 남성이었다.

"그 형씨의 말이 맞아. 이 아가씨는 성실하게 자기 할 일을 했어. 내가 보고 있었는데 말이지. 너, 저곳의 벤치에서 계속 휴대전화로 수다 떨고 있었잖아. 그 사이에 네

아이가 무슨 짓을 했을 거 같아? 진열장을 난폭하게 두드리고, 이 아가씨의 다리를 걷어차고, 아주 제멋대로였어. 나는 교육이 덜 된 참 불쌍한 아이라고 생각하면서 보고 있었는데 말이야. 그랬더니 이게 어쩐 일인가, 저 아가씨가 보여주려고 했던 강아지를 네 아들이 갑자기 바닥으로 내동댕이치려고 한 거야. 아가씨는 몸을 던져서 강아지를 지켰지만, 그 아이는 결국 사과도 한마디 없어. 그야 야단 맞아도 어쩔 수 없다고 생각하지 않아? 그런데 무릎 꿇고 사과하라고? 이상한 소리 하지 말라고."

"나만이 아니야, 다들 같은 생각이지."라는 말을 듣고 겨우 차가운 시선이 자신에게만 집중되어있는 것을 깨달았는지, 아이엄마의 얼굴이 붉게 물들기 시작했다.

"뭐야…… 어린애가 한 일이잖아!!"

울분을 토하듯이 외치더니, 아이엄마는 아이의 팔을 억지로 끌고 인파 뒤로 떠나버렸다.

폭풍이 지나고, 한때는 대체 어떻게 될지 걱정하던 나도 안도의 한숨을 쉬었다. 그러나…….

"이런 바쁜 시간대에, 이런 귀찮은 일을 일으키다니. 정말 3년이나 근무한 주제에 도움도 되지 않고 말이야……. 무리라고 생각하면 오늘부로 일을 그만둬도 상관없어."

고비가 하나 지나갔다고 생각했지만, 미츠루는 그 뒤로
도 나지막하게 속삭이는 비꼬는 말을 시작으로 가게 뒤로
끌려가서 한 시간 이상 야단을 맞았다고 한다.

더러워진 몸을 닦고 예비 제복으로 갈아입은 뒤, 다시
직원실에서 나온 그녀의 얼굴은 창백했는데, 눈가를 비비
며, 어깨를 늘어트린 모습은 차마 두고 보지 못할 정도였
다.

결국, 그냥 보고 있을 수밖에 없었다…….

18시.

네코무라 씨의 정보에 의하면, 직원실에서 설교를 들은
걸로도 모자라 퇴근할 때까지 잔뜩 잔소리를 듣고, 미츠
루는 힘든 하루를 보냈다고 한다.

그런 그녀를 격려하기 위해서 다른 스태프들이 술자리
를 권했지만, 졸업한 선배도 섞여 있는 회식 자리라고 알
게 되자, 기억하지 못하는 사람도 있고, 실망하게 하고 싶
지 않다면서 미츠루는 그 권유를 거절한 모양이었다. 사
실은 가고 싶었을 텐데.

미츠루한테 이 이상 부담을 줄 수는 없다. 오늘은 이제
만나지 않는 게 좋을 듯했다. 그렇게 생각하면서도, 너무

그녀가 초췌해서 그대로 귀가할 마음도 들지 않고, 이렇게 따라오고 말았다.

피폐한 발걸음으로 비틀비틀 흔들리는 어깨.

이대로 집 근처까지 배웅할 생각이었는데, 미츠루는 곧바로 집으로 돌아가지 않고, 역 뒤에 있는 한적한 길을 걷더니 조금 지나서 가로등이 적은 공원으로 들어가, 무너지듯이 벤치에 앉았다.

샛길로 빠지다니 드문 일이다. 이건 집에서도 뭔가 있는 건가……. 안 좋은 일은 연속해서 일어나는 법이다. 아버지와 빈번하게 부딪혔다는 이야기도 들었고, 있을 법한 일이라는 생각이 들었다.

'선배를 기운 나게 해주세요! 그리고 카메이도 씨의 주가를 여기서 확 올려버리자고요!'라고 조금 전에 선배를 아끼는 네코무라 씨가 응원의 메시지를 보냈다. 나도 그렇게 해주고 싶은 마음은 크지만, 이 상황은 어찌해야 할지…….

공원의 입구 그늘에서 숨을 죽이고 벤치를 바라보고 있는 나는 이미 완전히 '그것'에 불과할 뿐이니. 순찰 중인 경찰 아저씨가 목격하면 어쩌나 생각하면, 마음속이 잔잔할 수가 없었다.

그렇다고는 해도, 저렇게 우울해하는 미츠루를 이대로 내버려 둘 수도 없었다. 날도 이미 완전히 저물어서 어둡고 아무도 없는 공원에 그녀 혼자 두고 돌아갈 수 없다. 이 이상 뭔가 있다면 큰일이다.

　그런 생각을 하고 있었더니 시선이 닿는 곳에서 미츠루가 고개를 푹 숙였다.

　"흑……."

　숙인 얼굴에서, 한 방울 두 방울 물방울이 떨어졌다.

　그리고 그걸 막으려고 한쪽 손으로 가리더니 숨과 함께 토해낸 괴로운 목소리가 들렸다.

　어떻게 하지? 라고 고민한 틈도 없었다.

　그녀가 눈앞에서 울고 있는데, 가만히 보고 있을 이유 따위 없다.

　벤치 옆의 가로등이 드리운 빛의 원 속에서 나타난 나를 발견하고, 작은 소리를 내면서 그녀는 바로 얼굴을 돌렸다.

　"당신은…… 얼마 전의…… 어째서, 여기에……."

　"아…… 죄송합니다. 저기 그게……."

　뒤통수를 긁적이면서, 그럴듯한 이유를 고민했다.

　"오늘은 낮에 더워서 계속 집안에 틀어박혀 있었는데,

서늘해지기도 했고, 애완동물 가게에라도 가서 다시 힐링하자- 싶어서 산책하고 있었습니다. 그랬더니, 마침 미츠…… 가 아니라, 점원분이 공원 쪽으로 가시는 게 보여서. 그게, 벌써 이렇게 어둡잖습니까? 여자 혼자서는 좀 위험하다 싶기도 하고…….”

“그래서 지켜보고 계셨나요…….”

울먹이는 목소리로 말하자 가슴이 아팠다.

실은 낮부터 보고 있었습니다, 라고는 도저히 말할 수 없었다.

“……죄송합니다.”

“저기…… 죄송하지만, 지금은… 잠시, 혼자 내버려둬 주시겠어요.”

미츠루는 코를 훌쩍이면서도 어떻게든 평상시의 얼굴을 만들려고 했다.

“괜찮으시겠습니까?”

“괜찮아요…… 당연히 괜찮죠.”

그럴 리가 없다. 네가 울면서 괜찮다고 할 때는 대체로, 괜찮지 않을 때니까.

“됐으니까, 그냥 가주세요. 부탁이니까요…….”

눈물이 더 뺨을 적시고, 그걸 어떻게든 이 이상 흐르지 않도록 애쓰는 미츠루의 앞에서 무릎을 꿇고, 나는 어깨에 멘 가방에 넣어뒀던 휴지를 내밀었다.

"쓸데없는 참견일지도 모르지만, 괜찮으시면 이거, 사용해주세요."

그러자 그녀는 놀란 듯하다. 눈을 크게 뜨고 나와 내 손에 쥐어 있는 휴지를 교대로 보더니, 조금 지나서 나지막하게 속삭였다.

"……드라마의 한 장면 같아."

기억에 있는 속삭임에 자신도 모르게 입을 가리고 웃었다.

"이상한가요?"

"아뇨. 남자한테 휴지를 받은 건, 처음이라……."

미츠루는 신기하다는 표정이었지만, 나의 호의를 뿌리치지 않고 받아들더니, 흘러넘치는 눈물을 살짝 닦았다.

눈물을 멈추고 있는 사이에, 말없이 곁에 서 있는 내가 아무리 그래도 신경이 쓰였는지, 그녀는 붉어진 눈을 가늘게 뜨고 벤치 구석으로 물러났다.

"앉으면…… 되잖아요."

"괜찮겠습니까?"

불만스러워 보였지만 미츠루는 작게 앉으세요, 라고 대

답했다.

"그럼, 실례하겠습니다."

바로 옆에 앉으면 경계할 것 같아서, 나도 벤치 구석에 얌전히 앉았다.

한동안 이어지는 침묵.

수풀 속에서 들리는 곤충의 속삭임과 덜컹덜컹하면서 멀리 달리는 전철의 소리만이 들렸다.

미츠루는 가끔 코를 훌쩍이고는, 이쪽에서 살짝 몸을 돌리고 있었다. 그런 그녀를 시선만으로 은근슬쩍 바라보았다.

"······그거, 또 상처 입으셨나요?"

뺨과 두 팔꿈치에 붙인 커다란 반창고를 말한다는 걸 알고, 미츠루는 두 팔을 쓸며 쓴웃음 지었다.

"저기······ 좀······."

"일, 열심히 하고 계시는가 보네요."

봤던 장면을 되새기며 말하자, 미츠루는 살짝 시선을 낮추면서 대답했다.

"아니에요. 앞뒤 생각하지 않는 것뿐이지, 저 덜렁대니까요. 열심히 하려고 생각해서 한 일인데, 헛도는 일이 많아서."

"그게 노력한다는 거죠. 노력하는 건 좋은 일입니다."

"설령 노력한다고 해도, 결과가 나쁘면 좋다고 말할 수 없잖아요……."

"무슨 일이 있었습니까?"

"아무 일도 없었어요."

"하지만 울고 계시잖아요."

정곡을 찔린 그녀의 목소리에 당혹스러움이 섞였다.

"그건…… 조금 잠이 부족해서, 하품했더니, 우연히 눈물이 났을 뿐이에요."

이럴 때의 그녀는 정말 완고하다. 막 사귀기 시작했을 때가 생각났다.

그녀에게 지금 필요한 것은, 말뿐인 상냥함이 아니라, 마음 편히 자신의 기분을 토해낼 장소일 것이다.

"저기, 혹시 괜찮으시면. 저, 시간이 남으니, 불만이든 뭐든 들어줄 수 있습니다."

"딱히 그런, 불만이고 뭐고 없어요……."

"그럴지도 모르지만……, 힘들 때는 말로 토해내는 게 가장 속이 편해지니까요. 답답한 기분으로 돌아가는 것은 싫잖아요?"

"어째서 제가 고민하고 있다는 전제로 말씀하시는데

요?"

네가 고민하고 있다는 걸 알고 있으니까 그래, 라는 이야기는 가슴속에만 담아두자.

"예를 들자면, 혹시, 무척이나 누군가가 들어줬으면 싶은데 주위에는 말할 수 있는 사람도 없고, 집에서도 안 좋은 일이 있어서, 이대로 곧바로 돌아가고 싶지 않다, 그런데 혼자 있는 것도 견디기 힘들다 싶을 때, 이야기를 할 수 있는 상대는 이제 아무라도 좋지 않습니까? 만에 하나 그런 일이 있다면, 여기 있는 시간이 남아도는 인간이 딱 적격이죠."

"그건……."

거의 정답이었을 것이다. 미츠루는 기묘하다는 시선으로 나를 바라보고 있었다.

그때, 뭔가 말하려고 입을 연──바로 그때.

꼬르륵, 하고 귀여운 소리가 그녀의 배에서 울려퍼지고, 이미 늦었는데도 미츠루는 그곳을 과장되게 가렸다.

"배가… 고프신가요?"

미츠루는 부끄러워 참을 수가 없다는 느낌으로 귀 끝까지 빨개져서는, 입을 꾹 다물었다.

"점심을…… 먹지 않아서."

그건 큰일이다, 라고 생각하는 동시에 최고의 아이디어가 떠올랐다.

나는 재빨리 일어섰다.

"괜찮으시면, 지금 밥이라도 먹으러 가시겠습니까?"

"네……?"

"기운이 없을 때, 맛있는 음식을 먹는 게 가장 좋죠. 이 주변에 무척 맛있는 카레 가게가 있습니다!"

"기다려주세요. 갑자기 그런……."

역시 조금 억지스러웠을지도 모르겠다. 하지만 여기서 물러서면 안 된다. 다소는 억지라도 이때는 적극적으로 나서야 할 때. 이렇게 하면 분명히 그녀도 기운을 되찾을 것이다. 나는 그런 자신이 있었다.

"속은 셈 치고 같이 가주지 않으시겠습니까? 분명히 후회하진 않을 테니까요."

"아니…… 그런."

만난 지 얼마 안 된 사람. 가게에 오는 손님. 그다지 친하지도 않은데, 어째서 이 사람은 이렇게도 필사적으로 자신에게 권유하는 걸까──.

곤란함을 드러내는 미츠루의 머릿속은 교차로의 혼잡함만큼이나 사고가 어지럽게 교차하고 있을 것이다.

그러나 그래도, 바로 권유를 거절하지 않는 것은, 그녀가 농담이 아니라 진짜 배가 고프다는 것, 덧붙여서 카레라는 최애 키워드에 미묘하게 흔들렸기 때문이다.

미츠루는 카레를 좋아하지만, 여름에 먹는 카레는 특히 더 좋아했다.

먹는 거로 낚다니 조금 비겁할지도 모르지만, 그녀의 표정과 언동에 아직은 파고들 여지가 있었다.

"그 가게 정말 맛있습니다."

약점을 자극하듯이 덧붙였다.

"재료들이 큼직하고, 고기도 무척 부드럽고."

그녀의 어깨가 움찔 떨렸다. 효과는 있다. 좋아, 한 번 더 밀어보자.

"여름에 먹는 카레는, 기운이 없을 때라도 왠지, 술술 잘 들어가지 않나요?"

길고 긴 침묵 뒤.

"……저기, 카레 가게가 어디 있나요?"

부끄러움을 포함한 가냘픈 목소리로 대답하자, 나는 내심 우쭐해져서 승리 세레머니를 했다.

"이곳의 공원을 꺾으면 바로 앞에 있습니다."

"……가는 곳은, 정말로 카레 가게인가요……?"

"네? 그런데요."

"……."

"그만둘까요?"

다시 확인하자 그녀의 꾹 다문 입이 열리더니, 각오한 듯이 "가죠."라고 무뚝뚝하게 대답했다.

"다행이다. 분명히 기운이 날 겁니다."

"저기…… 이름…… 물어도 될까요? 아직 듣지 못해서, 뭐라고 부르면 좋을지."

그 말을 듣고 그랬다는 사실을 깨달았다.

"아, 죄송합니다. 저기 그게, 저는……."

카메이도…… 는 아무리 그래도 위험하다.

그렇다면…….

그때 나는 순간적으로 떠오른 이름을 댔다.


공원에서 직진하여 몇 십 미터 앞에 있는 신호등에서 모퉁이를 돌자, 바로 앞에 내가 그녀를 데리고 가고 싶었던 가게가 있었다.

주택가 구석에 조용히 자리 잡은 작은 벽돌 건물 안의 가게다.

붉은 굴뚝에, 암흑 속에서 떠오르는 오렌지 빛의 따뜻한 조명. 모퉁이를 꺾으면 바로 향신료 냄새가 슬며시 풍겨와서, 이게 이정표가 되어 간판 따위 없더라도 찾을 수 있다.

빛으로 비춘 문 옆에는 칠판 보드가 세워져 있고 '히마루 식당 – 오늘 추천 메뉴【영계와 오크라의 호일 구이 치즈 카레】【히마루 식당 특제 스태미너 카레】【여름 더위 해소! 여름 채소 듬뿍듬뿍 카레】밥 곱빼기, 특곱빼기 무료입니다.'라고 분필로 적혀 있었다.

안에 들어가자 진한 카레의 향기와 함께 방울 소리가 맞이해 주었다.

"어서 오세요. 두 분인가요? 저 안쪽 테이블에 앉으세요."

서양의 고풍적인 분위기가 풍기는 내부 장식들과 맞춰서, 긴 앞치마를 두른 웨이터는 우리를 맞이하자마자, 다 알고 있다는 듯한 미소를 보여주더니 안쪽의 자리로 안내해주었다.

가게 안에는 우리 이외에 4팀 정도의 손님들이 보였다. 가게 안에 흐르는 느긋한 클래식이 그런 분위기를 조성하고 있는 것인지, 저녁 식사인데도 어느 테이블이고 조용히 담소하고 있으며, 차분한 공기로 채워져 있었다.

머리 위에는 천장 높이를 강조한 짜임식 목조 구조와 매달린 실링 팬. 구석에 설치된 딱 좋은 밝기의 플로어 조명과 테이블 위에서 희미하게 흔들리는 촛불의 불꽃, 은색의 워터 포트, 벽에 걸린 풍경화, 언제 와도 이 가게는 다른 곳에는 없는 절묘한 센스가 느껴졌다.

역 앞의 패밀리 레스토랑에서는 이럴 수 없다. 이 히마루 식당은 숨겨진 맛집 같은 곳이라서, 내가 마음에 들어하는 곳 중의 한 곳이지만, 솔직히 그다지 다른 사람에게는 소개하고 싶지 않은 장소였다.

괜히 평판이 높아지고 소문이 퍼지면, 이 조용한 비밀의 장소가 사라져 버릴 것 같아서 누군가에게 추천하는 것도 아까웠다.

그러니까 발견하고 나서는 나는 항상 몰래 혼자 다녔다. 미츠루와 사귀기 전까진.

"좋은 향기."

그녀와 지금까지 몇 번이고 온 곳이다. 가게 사람도 단골로서 얼굴을 기억하고 있는데, 당연히 해야 하는 금연석인지 흡연석인지 묻는 말도 생략하고 있는 게 그 증거였다.

같이 온 뒤로 미츠루는 이곳의 맛에 매료되어 매달 적어도 한두 번의 빈도로는 오고 싶어 했다. 그 정도로 마음에 들어 하던 히마루 식당의 맛있는 음식이라면, 완전히 지쳐버린 그녀의 마음도 치유해줄지 몰랐다.

"이런 가게, 싫어하지 않으시죠?"

한동안 내부 인테리어를 하나하나 살피던 미츠루에게 물을 따른 컵을 건네자, 그녀는 조금 기쁜 표정으로 대답했다.

"싫어하지 않아요. 오히려, 이런 차분한 느낌의 가게, 좋아해서……."

느낌이 좋은 모양이다. 3년 전과 같은 반응이라 안도했다.

"뭐 먹을까요?"

두꺼운 메뉴를 건네고 나서, 나는 그녀가 선택하기를 기다렸다.

"보지 않으실 건가요?"

"저는 이미 정해서요."

"어, 메뉴가 이렇게 많은데요?"

"보지 않아도 알고 있습니다."

"전부 외우신 건가요?"

"소개한 저보다 마음에 들어 하던 사람이 있어서. 그 사람을 따라오는 느낌으로, 지금까지 꽤 많이 왔거든요."

그러니까 가게의 분위기만이 아니라, 맛도 마음에 들 거라고 보증하죠, 라며 나는 그녀에게 잘 보이게 메뉴의 표지를 넘겼다.

'뼈 있는 버터 치킨 카레', '해산물 카레 오므라이스', '모차렐라 치즈와 다진 프랑크의 카레 도리아' 같은 느낌으로 히마루 식당 메뉴는 다들 타이틀이 색다른 편이다.

나는 카레를 그렇게 많이 좋아하는 편은 아니지만, 카레를 좋아하는 사람에게는 참을 수 없다는 게, 눈앞에 있는 그녀의 표정을 보면 이해할 수 있다.

바깥의 간판에 적혀 있던 오늘의 추천도 버리기 아쉽고, 이것도 신경이 쓰인다. 아아, 저것도, 하지만 이쪽도 좋아 ──라는 식으로 메뉴를 조용히 몇 번이고 반복해서 보며 망설이던 그녀가, 최종적으로 무엇을 선택할까? 나는 대충 예상은 했다.

"정했습니까?"

그녀의 최종 확인을 듣고 나는 지나가던 웨이터를 불러 세웠다.

"'버섯과 일본식 곤약 카레'를, 저기 그리고, 밥은 일반으로."

"맵기는 어떻게 하시겠습니까?"

"아, 매운맛이요."

"그리고 '고급 돼지고기 돈가스 카레'의 특곱빼기에, 맵기는 보통."

"알겠습니다, 잠시 기다려주세요."라면서 웨이터가 떠나가고 미츠루는 내 오더가 의외라는 표정을 지으며 메뉴판을 테이블 옆으로 돌려놓았다.

"특곱빼기라니, 꽤 많이 드시네요."

"그렇죠, 많이 듣는 이야기입니다."

"전혀 그렇게 먹을 것처럼 보이지 않아요. 말라서, 오히려 소식하시리라고 생각했어요."

그리운 그녀의 대사에 나도 3년 전으로 시간 여행을 한 것 같은 감각을 느끼며, 이전에도 나누었던 소재로 연결해 보았다.

"특이하네요. 카레에 곤약이라니."

"그렇죠. 하지만 저도 직접 카레를 만들 때, 곤약을 넣거든요."

카레 재료로서는 특이하게도 곤약을 넣은 카레를 미츠루는 많이 좋아했다.

"잘게 썰어서? 맛있습니까?"

"맛있어요! 저기, 이 이야기를 하면 많은 사람이 부정하지만, 정말이에요. 건강하고, 하룻밤 두면 곤약이 카레를 흡수해서, 맛이 스며드는데다가, 탱글탱글한 식감이 의외로 잘 맞거든요!"

미츠루는 그 장점을 널리 알리고 싶어 하는 평론가처럼 이야기했다.

"그럼 저도 다음에 시도해보겠습니다."

"그렇게 해보세요."

"다행이네요, 곤약 카레가 있어서."

"네. 왠지 이 가게, 뭔가 제대로 하는 곳이구나, 라고 생각했어요."

그녀는 그때 높아진 열기를 식히기 위해서 컵을 기울이고는 "오랜만에 이렇게 많이 이야기했어요."라고 작게 속삭였다.

"그러고 보면, 얼마 전에 강아지를 키우고 있다고 하셨죠?"

"네."

"어떤 강아지인가요?"

드물게도 그녀 쪽이 먼저 다가와 줘서, 나는 기쁜 나머지 휴대전화의 대기 화면을 보여주었다.

"귀, ……귀여워."

그녀의 표정이 몽글몽글해졌다.

"보더콜리인가요?"

"그런 이야기 자주 듣긴 하는데, 잡종입니다."

말한 순간 그녀의 입이 삐죽 내밀어졌다.

당연하지만. 아, 미츠루다, 라고 생각했다.

"믹스라고 말해주세요. 잡종은 좀…… 잡종은 좀."

역시 이 단어만은 용서가 안 되는 모양이다.

"여자아이인가요?"

"그것도 자주 듣는 이야기인데, 수컷입니다."

"헤에에…… 귀여워. 후훗."

"왜 그러시죠?"

"정말. 이름 그대로 '이누카이(犬飼)'씨다 싶어서요."

사진과 나를 번갈아 보더니, 미츠루는 킥킥 웃었다.

아직 내 정체를 제대로 파악하지 못하고 있겠지만, 조금
은 경계심을 풀어준 모양이라, 공원에 있을 때보다 그녀
가 풍기는 분위기가 꽤 부드럽게 바뀌었다.

대화가 없어도 흘러나오는 클래식은 거북함을 주지 않
았다. 그녀의 배가 두 번째의 한계를 호소했을 때쯤에, 우
리의 카레는 옮겨져 왔다.

폭신한 흰쌀밥에 루가 얽혀 있는 크게 썬 새송이버섯과 만가닥버섯, 그녀가 가장 좋아하는 곤약, 병에 담긴 오복채 절임. 모두 다 한꺼번에 숟가락에 올려서, 첫 한입을 만끽한 그녀의 목에서 황홀감에 젖은 듯한 목소리가 흘러나왔다.

"마……맛있어!"

다행이다. 몇 번 먹어도, 기억이 없어져도 이 반응이 변하지 않았다는 사실에, 나는 안도했다.

카레를 먹으면서, 우리는 촛불만이 비치는 어두운 테이블에서 마주 보고, 한동안 조심스럽게 담소를 이어갔다.

"저, 이곳에서 오래 살았는데, 이렇게 멋진 가게가 있다니 몰랐어요. 이렇게 맛있다면 더 빨리 알고 싶었는데요."

"역에서 떨어져 있으니까, 이 지역 분들도 모르는 사람이 잔뜩 있을 거라고 봅니다."

"이누카이 씨도, 이 근처에서 계속 살고 계시는 건가요?"

"아뇨……, 얼마 전에 도쿄에서 이사를 왔습니다. 전에 살던 장소보다도, 이 주변에 맛있는 가게가 잔뜩 있으니까, 먹으면서 돌아다니다 우연히 발견해서요."

"과연, 그런 거였나요."

"왠지 살기 편하네요, 이 거리는."

"아, 알 것 같아요. 역 근처에 편의점이 4개나 있고, 슈퍼도 2개 있어서, 쇼핑하는 데 불편하지 않죠."

"버스를 타고 바로 쇼핑센터로 갈 수도 있고요."

"영화관도 역 근처에 있으니까요."

"빌딩만이 아니라, 녹음이 많은 것도 좋네요."

"……이누카이 씨는 왠지 대화하기 편하네요."

후훗 하고 웃으며 표정이 풀어지나 싶더니 "그게 아니었죠."라며 미츠루는 자기 자신을 책망했다.

"죄송해요. 감사의 말을 하는 게 늦어서……. 이누카이 씨, 저를 격려하려고 해주신 거죠. 조금 전에도 휴지, 고마웠습니다. 카레도 무척 좋아하는 음식이라 기뻤어요."

나는 고개를 가로저었다.

"아니요. 츠루기 씨가 이곳의 카레를 먹고 기운을 차리셨으면 해서, 저야말로…… 별로 친하지도 않은 주제에, 갑자기 식사를 권유해서 죄송합니다. 조금 무서우셨겠죠."

"조금 깜짝 놀랐어요. 하지만 지금은 와서 좋았다고 생각해요, 좋은 가게를 소개해주셔서. ……오히려 사과해야 하는 것은, 제 쪽이네요."

뒤통수에 손을 대고 표정이 흐려지더니, 미츠루는 다시 "죄송해요"라고 말했다.

"얼마 전에도 오늘도 무척 기분이 안 좋았어요. 저, 얼마 전에 머리를 강하게 부딪쳐서, 최근 3년 정도의 일을 여러모로 잊어버린 거예요……. 정말 이런 만화 같은 일이 현실에서 벌어질 줄은, 지금도 믿을 수 없지만, 주변과 지금의 제가 아는 일이 너무 크게 달라져서, 처음에는 무엇을 잊었는지 실감이 나지 않았는데요, 최근이 되어서야 생각 이상으로 중요한 것들을 많이 잊어버렸다는 사실을 깨달아서…… 안절부절못하고, 그런 식으로."

휴…… 하고 떨리는 한숨을 쉬었다.

"깨닫지 못하는 사이에, 많은 사람에게 민폐를 끼치고 있어요. 빨리, 빨리 떠올려야――."

그녀는 거기서 뒤통수를 쥐더니 힘을 주었다.

"그때 나는 분명히 필사적으로, 가게를 위해서라도 반드시 뭔가 해야 한다고 생각했을 거예요. 하지만 결국 그건 아버지와 점장님이 말한 듯이, 무모하고 민폐를 끼치는 일이었던 거예요……. 어째서 그걸 깨닫지 못했던 걸까요, 저는 한심해서……. 그러니까 하다못해 기억만이라도 되찾아야겠다고 생각하는데, 전혀 떠올리지 못해서.

주위 사람들에게 뒤처졌다는 기분만이 부풀어 오르고, 더 더욱 행동할 수가 없어서…… 실패만이 계속되어서…….”

얼마나 그녀가 고뇌를 거듭하고 있는지 그것만으로도 충분할 정도로 전해졌다.

“혹시, 자업자득이라고 생각하시는 거 아닙니까……?”

미츠루는 대답하지 않았다. 분명히 그럴 것이다.

“무모하지도, 민폐도 아닙니다. 츠루기 씨는 제대로, 올바른 일을 했다고 생각합니다. 몸을 던져서, 상처까지 입으면서, 그것은 누구나 할 수 있는 일이 아닙니다. 용기가 있다는 것은 대단하다고, 저는 존경합니다. 그러니까 츠루기 씨도 더, 자기 자신을 인정해주세요.”

“그런…… 대단한 일 따위가 아니에요.”

“아뇨, 실제로 당신이 움직인 덕분에, 도움을 받은 사람이 있겠죠. 당신을 부정하지 않는 사람들은 그걸 알고 있을 겁니다. 츠루기 씨가 열심히 노력했다는 사실을, 제대로 보고 있는 사람도 근처에 있어요. 그러니까 그렇게 자신을 탓하고, 얽매이지 말아 주세요.”

그때 그녀의 눈이 갑자기 젖더니, 입가가 떨렸다. 울려고 한다는 것을 깨달았다.

하지만, 테이블 위에 올린 주먹을 풀지 않는 것은 분명히 '타인'인 내가 눈앞에 있기 때문이다.

"울고 싶을 때는, 참지 않는 게 낫습니다. 저, 이러고 있을 테니까요."

새로운 휴지를 건넸다. 내가 고개를 옆으로 돌리고 미츠루를 시야에서 지우자, 조금 지나 혼자 담아 두기에는 너무 큰 감정에 삼켜진 그녀는 목소리를 죽이면서 울었다.

"저도, 조금은 알 것 같습니다."

한차례 울고, 그녀의 호흡이 차분해졌을 무렵. 나는 나지막하게 밝혔다.

"꽤 예전에, 츠루기 씨와 비슷한 일이 있었습니다. 머리를 부딪친 것은 아니지만. 몇 주 정도의 기억을 갑자기 잃어버린 적이 있었어요."

츠루기는 번득 얼굴을 들었다.

"어떻게 그런 일이 있으신 거죠?"

"어린 시절에 강에 빠져서, 정신을 차리고 보니 병원 침대 위였습니다. 부모님과 병원 선생님이 여러모로 질문했는데, 어째서 그런 일이 벌어졌는지 전혀 떠오르지 않았죠."

거기에 이르기까지의 일만이 아니라, 어째선지 그날부터 몇 주일 정도의 기억도 머릿속에서 완전히 사라졌었다. 물에 빠질 때 체험한, 강렬한 죽음에 대한 공포가 망각으로 이어졌을 거라고 의사 선생님은 말했었다.

어른이 된 지금도 내 안의 공백은 아직 메워지지 않았다.

"괜찮으신가요?"

막연하긴 해도 마음속 깊은 곳에 건드리고 싶지 않은 트라우마로서 새겨진 모양이라, 이 이야기를 하면 몸이 떨리고 지독한 현기증이 일어나는 일도 있었다.

내 안색의 변화를 깨닫고 그녀는 걱정스러운 듯이 컵에 담긴 물을 권했다.

"살아서, 다행이었네요."

"그렇죠, 정말 그렇게 생각합니다."

"그런 일이 있으셨군요. 역시 기억을 잃을 때는 괴로우셨나요?"

"한동안 당혹스러웠습니다. 뭔가 부족한 게 있고, 또 잊어버리면 어떻게 하지? 하는 거죠. 하지만 고민만 하고 있으면 몸에도 마음에도 안 좋으니까. 조금씩이지만, 잃어버린 것들을 필사적으로 되찾는 것보다는, 지금의 환경에 익숙해지자고 마음을 바꾸게 되고, 저는 다시 일어설 수 있었습니다. 그러니까 분명히, 츠루기 씨도 괜찮습니다.

3년은 크지만, 그만큼 힌트도 잔뜩 있으리라고 생각하니까, 초조해하지 않아도 괜찮아요…… 아니, 좀 너무 주제넘은 이야기였으려나요."

"아니요."

내가 가능한 한 최선을 다해서 한 충고를 미츠루는 소중히 여기는 듯이 가슴에 손을 댔다.

"저만이 아니구나 해서. 조금은 안심했어요."

"조금은 도움이 되었다면 기쁘겠습니다."

"감사합니다. 이누카이 씨는 상냥한 분이시네요."

젖은 얼굴로 미소를 짓는 모습에, 얼굴을 중심으로 열기가 발생했다.

이 미소다.

보고 싶었던 표정을 겨우 봐서, 기쁨이 차올랐다.

"저기."

"응?"

"얼마 전에도 말씀드렸지만. 저희 역시 어디선가 뵌 적이 있죠?"

뭔가 걸리는 게 있다는 표정으로 미츠루는 나에게 물었다.

"어째서, 그렇게 생각하시나요?"

"잘 설명할 수 없지만…… 그런 기분이 들어요."

추억의 장소인 히마루 식당에 와서, 미츠루는 잃어버린 기억을 떠올리고 있는 것일지도 몰랐다.

나는 흡, 하고 숨을 삼켰다.

여기서, 말해야 할까 아닐까? 선택해야 할 카드 두 장이 머릿속에 떠올랐다.

"그랬던가요?"

진실을 말하기는 쉽다. 하지만 오늘은, 겨우 조금 웃게 된 그녀를, 이대로 아무런 불안감도 주지 않고 돌려보내고 싶었다.

"그, 그렇죠? 기분 탓이었네요. 죄송합니다, 몇 번이고 이상한 소리를 해서."

내가 물러나자, 그녀는 부풀어 있던 기대의 열기가 식은 듯이, 쓴웃음을 지었다. 그리고 부끄러운 듯이 머리카락 끝을 만지작거렸다.

미안, 미츠루. 하지만 그 대신 너한테 주고 싶은 게 있어.

나는 대화와 식사로 많이 따뜻해진 이 분위기가 사라져 버리기 전에, 가방 안에서 오늘 그녀에게 건네주리라고 결심했던 물건을 꺼냈다.

승부의 순간.

"저… 츠루기 씨, 다음에 혹시… 괜찮으시면……."

## • 5 •

'공교롭게'――오늘 날씨는 전국적으로 쾌청하고, 습기도 적어 여름의 외출하기 좋은 날이라고 한다.

역 앞의 나무 그늘이 진 벤치에 앉은 미츠루는 땋은 머리카락을 위로 올리고, 청초함을 드러낸 나들이옷에 산뜻하게 샌들을 신고, 손목시계를 들여다보고 있었다.

그리고 그것을, 나는 몇 십 미터 떨어진 편의점 잡지 판매대에서 훔쳐보고 있는, 이런 그림.

알고 있다.

수상하다는 자각은 충분히, 나한테도 있다.

하지만 오늘만은, 오늘만은 안 된다. 이렇게라도 하지 않을 수가 없다.


거슬러 올라가 1주일――.

"다음에, 이케부쿠로에서 '세계의 다육식물 전시회'라는 게 있습니다. 혹시 괜찮으시면, 저랑…….”

　히마루 식당에서 미츠루와 보낸 밤.

　나는 마지막으로, 건네주려고 결심했던 한 장의 전단을 그녀에게 보여줬다.

　그것은 미츠루가 기억을 잃기 전, 가고 싶다고 말했던 전시회였다.

　침울해하는 미츠루를 위해서, 데리고 가서 기쁘게 해주고 싶었다.

　“저랑 가주시지 않겠습니까?”

　처음에 그녀에게 데이트를 신청했을 때와 같은 강렬한 긴장감이 온몸에 흘렀다.

　미츠루는 내가 내민 전단을 내려보고, 놀란 듯이 입을 벌렸다. 하지만.

　“죄송해요. 권유해 주신 것은 기쁘지만…….”

　말을 흐리더니 가방에서 같은 전단을 꺼내 보여주었다.

　“실은 조금 전에 직장 동료들한테 다음 일요일에 같이 가자는 권유를 받아서, 그래서 저는 간다고 말했거든요.”

　예상외의 대답. 순간 허를 찔리고, 얼굴에서 열기가 빠져나가는 것을 느꼈다.

　“그, 그렇구나, 그랬었군요. 아쉽네요…….”

여성 스태프가 기운을 북돋아주려고 권유했을지도 모른다. 그렇다면 어쩔 수 없다. 지금의 나보다도 잘 아는 사람들과 함께하는 편이 안심할 수 있을 테고, 즐길 수 있다는 것은 분명했다. 그렇게 그때는 생각했다.

하지만. 뭔가 불길함 예감이, 평소 활동하지 않던 육감이 호소하는 터라, 나는 미츠루와 헤어진 뒤에 때때로 상담하곤 하는 네코무라 씨를 슬쩍 떠봤다.

"네엣?! 그런 이야기 듣지 못했는데요. 이번 일요일에 휴일인 사람은, 누에가하라 씨와 미츠루 선배와 저 정도고, 그 이외에는 다들 다 출근하는데요?!"라고 네코무리 씨는 대답했다.

나와 마찬가지로 그녀도 뭔가 이상하다고 판단한 듯해서, 그렇게 조사가 진행된 결과.

얼마 전에 그녀를 궁지에서 구해준, 그 남성 스태프——누에가하라가, 직장 사람들과 같이 간다고 꾸며서, 미츠루와 둘만의 데이트를 계획했다는 사실이 발각되었다.

나에게는 흘려들을 수 없는, 그야말로 아닌 밤중에 홍두깨 같은 보고였다.


몇 분 뒤. 시계를 신경 쓰던 그녀는 번뜩 얼굴을 들더니 벤치에서 일어서서, 살짝 고개를 숙였다.

그 시선이 닿는 곳에 있는 것은, 미츠루의 선배에 해당하는 누에가하라 씨의 모습.

대화한 적은 없는 것과 다름없지만, 내가 그를 기억에 담고 있는 이유는 역시 그 단정한 외모가 컸다.

긴 속눈썹, 커다란 눈동자, 두꺼운 눈썹, 높은 코, 날카로운 윤곽에, 넓은 어깨 폭, 모델과 같은 장신, 왁스로 정돈한 산뜻한 머리 모양. 훈남의 요소를 더할 나위 없이 다 보유하고 있다.

남자인 내가 봐도 멋지다고 생각되니까, 여성이 보면 두근거림이 멈추지 않을 것이다.

그런 훈남인 누에가하라 씨는 '기다렸어?'라는 느낌으로 입을 열더니, 재빨리 역사 쪽으로 미츠루를 데리고 가려고 했다.

미츠루는 고개를 크게 갸우뚱하더니 '다른 사람들이 아직 안 왔는데요?'라고 말했을지도 모르겠다. 그때 누에가하라 씨는 당황한 기색도 없이 그녀에게 귓속말했다. 아마도 거짓말을 스스로 밝혔을 것이다. 미츠루가 경악한 표정으로 그를 올려보았다.

그리고 굳어 있는 그녀의 옆으로 누에가하라 씨는 돌아

서더니, 다음 순간——은근슬쩍 미츠루의 손을 잡았다.

온몸의 피가 얼어붙었다 깨지는 듯한 충격이 정수리를 꿰뚫고, 동시에 손에서 잡지가 떨어져서 요란한 소리를 냈다.

'다들 온다고 했잖아요! 둘만의 데이트라면 가지 않을 거예요!'라고 화를 내고 돌아가는 모습을 상상해 봤지만, 도움을 받은 지 얼마 지나지 않았으니 강한 태도를 보일 수는 없었나보다. 현 상황을 제대로 다 파악하지 못한 모습 그대로 어찌어찌 무난하게 수습되었는지 미츠루는 이끌려서 역사로 끌려가고 말았다.

그녀는 하여간 수줍음이 많은 편이라, 나조차도 교제하고 나서 한동안은 손조차 잡지 못했었는데…….

시작부터 어마어마한 모습을 봐서, 기가 죽었다.

바로 그때 누가 가차 없이 눈앞에서 손뼉을 쳐서, 나는 현실로 되돌아왔다.

눈을 휘둥그레 뜨고 시선을 아래로 내리자, 작은 중학생…… 이 아니라 사복 차림의 네코무라 씨가 있었다.

"엇, 네코무라 씨……? 어째서 여길."

"이야기는 나중이에요, 하여간 가죠."

"네엣?!"

"네엣…… 이 아니라고요, 전철! 늦게 타면 놓치고 말 거예요!"

네코무라 씨에게 이끌려서, 딱 맞춰서 홈으로 들어오는 10량 편성의 전철에 올라타는 두 사람을 놓치지 않고, 눈치채지 못하게 우리는 옆 차량에 올라탈 수 있었다.

아무래도 네코무라 씨도 오늘 두 사람의 데이트를 걱정한 모양이었다. 거기에 더해서 내가 가만히 있지 않으리라고 예상한 듯했다. 약속 장소인 역으로 가보니 예상대로, 편의점 잡지 판매대에서 넋을 놓은 나를 발견하고, 접촉해왔다는 흐름이었다.

용의주도한 그녀는 가방에서 커다란 패션 안경을 꺼내 쓰더니, 변장이라고 말하면서 나한테도 검은 모자를 빌려주었다.

모자를 깊이 눌러쓰고, 목을 뻗어 옆 차량의 모습을 살폈다.

두 사람은 좌석에 앉아, 즐거운 듯이 대화를 나누고 있었다. 게다가 기분 탓인지, 미츠루에게 향하는 누에가하라 씨의 얼굴 거리가 이상할 정도로 가까운 듯이 보였다.

전철이 커브에서 흔들릴 때마다, 두 사람의 얼굴이 닿는 게 아닐까 싶어서 질투가 났다.

"누에가하라 씨라는 사람…… 무슨 생각을 하는 거지? 어째서 미츠루를."

"그런 거 뻔하잖아요? 미츠루 선배를 그렇고 그런 눈으로 보고 있다는 거예요."

손잡이를 잡고 미간에 주름을 잡은 나에게, 네코무라 씨는 단호하게 말했다.

"그렇고 그런 눈이라니?"

"넷?! 몰라요?! 자기 걸로 삼으려는 거라고요!"

"거, 거짓말."

좀 참아줘. 저런 카리스마 덩어리 같은 사람이 상대라면 지금의 나에게는 승산 따위 없어.

"어째서 그렇게 나약한 모습인 건데요! 카메이도 씨는 남자친구잖아요!"

네코무라 씨는 무척 투지가 넘쳤다.

"누에가하라 씨는 일도 잘하고, 엄청난 훈남이긴 하지만! 여자를 잘 후린다는 소릴 듣는다고요!"

여, 여자를 잘 후려——?!

"바람둥이라고도 하고요!"

바, 바람둥이——!!

얼마 전의 사건으로 미츠루를 감싸주었던 신사적인 미남자의 인상이, 단숨에 위험인물로 덧칠되었다.

그 말을 듣고 보니, 분명히 익숙한 느낌이 있었다. 저런 식으로 여유가 있고, 뭐든지 할 수 있다는 아우라를 뿜고 있으면, 말을 건 여성이 단숨에 넘어올 법도 하다.

"잘 들으세요, 오늘 이렇게 미행하는 것은 선배의 안전을 지키기 위해서예요. 누에가하라 씨, 혹시 데이트 끝날 때 선배를 이상한 곳으로 데리고 가려고 할지도 몰라요."

"이, 이상한 곳이라면?"

"알고 있잖아요. 호텔이라든지, 그런 곳이요."

그녀가 귓속말하자, 온몸에 닭살이 돋았다. 심장에 안 좋다든가 하는 그런 레벨이 아니었다.

"만약에 말이에요, 만약! 하지만 만에 하나라는 일도 있으니까요. 그렇게 되면 내가 지나가던 척을 해서 방해할 테니, 카메이도 씨는 일단, 진정해주세요. 실수로라도 갑자기 난입하면 안 되니까요!"

믿음직스러운 표정으로 계획을 설명하는 네코무라 씨에게, 나는 더위 탓이 아닌 땀을 닦고, 어떻게든 고개를 끄덕일 수 있었다.

전철은 20분 정도 뒤에 이케부쿠로에 도착했다.

과연 여름방학. 역 앞도 스크램블 교차점도 선샤인 거리도, 어디든 사람으로 가득 채워져 있었다.

산뜻한 하얀 원피스, 땀을 닦는 샐러리맨, 중고생 남녀의 무리. 신호가 파랗게 변하자 각자 움직이기 시작했다.

골목길, 고층 빌딩, 작열하는 태양, 합주하는 매미의 목소리. 신호가 파란색으로 변해서 일정 방향으로 흘러가는 인파 속에서 누에가하라 씨는 미츠루의 손을 꼭 쥐고, 때로는 당기면서 이끌고 갔다.

'세계의 다육식물 전시회'는 복합 상업 시설인 고층 빌딩 안에서 열렸으며, 그 전모를 보면 패널로 구분되어있는 몇 개의 홀을 순서대로 돌 수 있는 예상 이상으로 간단한 만듦새였다. 찾아온 관객도 그렇게 많지 않았다. 대부분 여성이고 그 절반도 되지 않는 비율로 남성이 있다. 그 이외에는 가족 단위로 온 관객이 드문드문.

희귀종과 신종 다육식물의 사진이 벽에 걸려 있고, 사막을 이미지 한 공간에서는 하얀 모래가 깔려 있어서 길을 따라 설치된 키가 큰 선인장과 거대한 선인장을 가까이 보고 만질 수 있다. 인포메이션 옆에는 기념 촬영 코너 같은 것도 설치되어 있었지만, 홀에서 나온 손님의 표정에서 만족했다는 인상은 그다지 받을 수 없었다.

저런 내용으로 입장료가 1800엔이라는 것은, 조금 수지 타산이 맞지 않는 기분이 들었다.

미츠루도 그렇게 생각한 모양인지, 희희낙락 하며 입장해서 수십 분 뒤에 퇴장한 그녀는 다른 손님과 마찬가지로, 이게 뭐야 싶은 실망한 듯한 느낌을 미소 아래 숨기고 있었다.

유일하게 충실했던 점이라고 하면 출구 바로 옆에 설치된 물품 판매대였을까?

선인장 비누라든지 선인장 미용액 같은 화장품 관련 상품부터, 선인장 소프트크림, 스트랩, 캡슐 토이, 재배 키트 등등 묘하게 선인장 관련 상품이 잔뜩 나열되어있다. 그 판매대 안에서 가장 사람들이 많이 몰려 있는 곳은 구석에 있는 다육식물의 판매 부스였다.

과자 뷔페같이 진열된 손바닥 크기의 귀여운 모종을 젓가락으로 집어 원하는 만큼 쟁반에 올리고, 다양한 종류의 화분 중에 자신이 선택해서, 계산과 동시에 옮겨 심는다. 자신이 선택한 모종으로 자신만의 다육식물 화분을 만드는 것이다.

그런 특수한 판매 방식은 여성과 어린아이의 눈길을 끌

었는지 출구 근처에는 화분을 노리고 있는 손님으로 혼잡해서, 가볍게 줄이 만들어져 있었다.

미츠루 역시도 그 광경에 이끌렸는지, 목을 길게 뽑아 줄 가장 뒤쪽을 힐끔힐끔 봤다.

저런 식으로 직접 제작하는 기획을 무척 좋아한단 말이지.

줄은 이미 입구까지 뻗어 나갈 것 같은 기세로, 줄어드는 속도도 느렸다. 사실은 줄을 서고 싶었겠지만, 옆에는 그 누에가하라 씨가 있다. 저렇게 긴 줄을 서는데 같이 있어 달라고 하기에는 미안하다. 그렇게 생각하고 있으니 보는 것만으로 참는 것이다.

만약 내가 옆에 있었다면, 그런 배려는 상관없다고 손을 이끌고 데리고 갔을 텐데.

그렇게 생각한 순간. 누에가하라 씨가 미츠루의 허리에 팔을 둘렀다.

오늘 두 번째의 충격.

손만으로 멈추지 않고, 설마 그런 대담한 행동으로 나설 줄이야.

방심했다. 나도 모르게 선인장 주스를 뿜을 뻔했다.

"잠깐, 누에가하라 씨!"

"자자 빨리 줄을 서지 않으면, 좋은 물건이 사라져 버릴 거야."

"돼, 됐어요, 줄도 길고요. 저, 선택하는 게 느릴 거 같으니까요."

"괜찮아, 괜찮아. 모처럼 왔는걸, 그 정도는 같이 있어 줄 테니까. 느긋하게 고민하고 결정하도록 해, 나도 같이 봐줄게."

손을 떼지 않은 채로, 그는 조금 억지스럽게 미츠루를 줄의 가장 뒤로 에스코트했다.

얼굴을 새빨갛게 물들이고 부끄러움을 견디기 힘든지 시선을 돌리는 미츠루. 아무렇지도 않은 표정으로 그녀의 허리를 감싸 안은 누에가하라 씨. 곁에서 보면 두 사람은 잘 어울리는 커플로 보였다.

"카메이도 씨, 일일이 반응하면 한도 끝도 없다고요. 저게 평소의 누에가하라 씨니까요!"

그렇게 말해도 데이트가 종료될 때까지 내 심장이 버틸지 어떨지······.

두 사람이 전시장을 나가고 나서도 1시간 뒤.

물론 여기서 헤어진 것도 아니다. 누에가하라 씨의 제안으로 두 사람은 선샤인 60의 상층에 있는 전망대 레스토랑에서 늦은 점심을 먹게 되었다.

여전히 첩보원 같은, 닌자 같은, 어설픈 미행을 계속하던 우리도 그대로 레스토랑에 잠입. 두 사람의 대화가 가까스로 들리는 거리에 있는, 기둥과 관엽식물로 숨겨진 자리를 선택해 한숨 돌렸다.

다육식물의 화분을 입수하고 만족감에 젖어있을 틈도 없다. 그 몇 분 뒤, 지상에서 50층 이상 올라간 장소에 있는 전망대 레스토랑의, 전망이 정말 최고인 창가의 자리에 앉고, 눈앞에는 멋진 직장의 선배. 미츠루는 시작부터 변함없이 긴장된 표정으로, 볼로네제 파스타를 포크에 감고 있었다.

"여기에서 보이는 풍경, 예쁘지? 봐봐, 저기에는 학교가 있어. 축구를 하고 있네, 잘 보면 사람이 움직이잖아, 참 작구나."

"에, 앗. 그러네요."

손가락으로 가리켰지만, 그녀는 지금 그럴 정신이 아닌 듯했다.

"괜찮아? 고소공포증이 있는 건 아니지?"

"예 높은 곳은 좋아해요."

입에 넣을 타이밍을 잃고, 여전히 계속 파스타를 둘둘

감고 있는 그녀에게 미소 짓더니 누에가하라 씨는 라자냐를 나이프로 잘랐다.

"후훗, 아직도 긴장하고 있어? 그렇게 위축되다니, 마치 막 입양된 새끼고양이 같아."

"죄송해요…… 이런 경험, 기억에 없어서요."

"이래도 꽤 오래 알고 지낸 사이라서, 정말 3년 전과 같은 반응이네."

"조금 전부터 움찔움찔해서 기분 안 좋으셨죠?"

"그렇지 않아, 츠루기 씨가 귀엽구나 싶었을 뿐이야."

은근슬쩍 나온 달콤한 대사.

기둥 옆에 놓인 관엽식물 틈으로 두 사람을 살피던 네코무라 씨가 내 표정을 눈치채고 웃음을 참았다.

"카메이도 씨는 정말 미츠루 선배를 무척 많이 좋아하시네요. 조금 전부터, 웃기는 반응만 하고, 킥킥."

"너무 웃으면 상처 입어."

"그렇지만, 일일이 다 얼굴에 드러나니까 보고 있으면 재밌어서요. 왠지 항상 냉정한 엘리트라는 느낌이 있는데, 필사적으로 되시니까요."

실제 나이보다 훨씬 앳돼 보이는 네코무라 씨에게 "귀여워요."라는 말을 듣고 나는 목을 풀썩 숙였다.

"하여간 뭔가 주문해야겠어. 식사비도 전부 낼 테니까 사양하지 말고 좋아하는 걸 골라. 오늘 휴일인데 이런 데 써버리게 해서 미안."

"신경 쓰지 말아 주세요. 멋대로 따라온 것이니까. 그리고 응원한다고 말했잖아요, 더 저를 의지해주세요!"

나와 미츠루에게 순수하게 보내진 그 호의가 솔직히 기뻤다.

"다행이야, 네코무라 씨 같은 사람이 미츠루의 후배라서."

내가 그렇게 말하자, 에헤헤, 하고 네코무라 씨는 옮겨져 온 사과 주스에 손을 뻗더니 장난스러운 미소를 지으며 마셨다.


식사가 끝나고 디저트가 들어온 저쪽 테이블에서는, 또 다른 화제로 이야기가 펼쳐지고 있었다.

"가끔은 이런 장소도 괜찮지? 츠루기 씨는 최근에 계속 기운이 없었으니까, 기뻐해주지 않을까 싶었어."

"감사합니다. 다육식물 전시회만이 아니라, 식사도 초대해주셔서."

"괜찮아, 기운만 차려준다면."

"상냥하고 일도 잘하시는 이누가하라 씨의 여자친구 분은 무척 행복하겠네요."

"뭐? 나, 지금 솔로인데?"

"그런가요? 의외네요."

"그런 츠루기 씨는? 지금 누구와 사귀고 있어?"

던져진 갑작스러운 질문에. 미츠루는 침묵하더니, 당혹스러운 느낌으로 반응했다.

"없다… 고 생각하지만요. 조금, 신경 쓰이는 사람이…….."

"신경 쓰이는 사람?"

"최근에 막 알게 된 사람인데요, 굉장히 저한테 상냥하게 대해줘요. 만난 지 얼마 안 되었는데, 왜 그러나 싶을 정도로요."

"그거 전에도 말했던, 병원에 온 이상한 사람?"

순간적으로, 이누가하라 씨의 표정이 험악해졌다.

"아니요, 처음에는 좀 비슷한가 싶었는데, 그 사람이 아니에요."

"그럼 다행이네."

"그 사람은 저와 만난 적이 없다고 했지만, 저는 그 사람을 한참 전부터 알고 있었던 기분이 들어서…… 왠지,

다른 사람이라고 생각할 수 없는 느낌이 들어요."

"흐─응, 그런 일이 있었구나. 신기하네."

"네."

"하지만, 마음을 쉽게 허락하거나 너무 친해지는 건 안 좋지 않을까?"

생각에 잠긴 미츠루의 의식을 누에가하라 씨가 되돌려 놓았다.

"미안해, 츠루기 씨는 좋은 사람이니까. 사실은 이런 이야기 하고 싶지 않지만, 혹시 그 사람은 츠루기 씨의 지금 상태를 알고서, 그것을 이용하려고 할 가능성도 조금은 있다고, 생각해두는 편이 낫다고 봐."

미츠루를 걱정해서 하는 말이라고 해도, 그냥 넘어갈 수 없는 대사였다.

훔쳐 들어놓고서 화를 내는 것도 적반하장이지만, 절대 그렇지 않다며 나는 조용히 분노를 씹어 삼켰다.

"그럴까요? 저한테는, 그렇게 나쁜 사람으로 보이지 않았어요."

그러자 미츠루는, 그에게 처음으로 부정적인 말을 입에 담았다.

"제 고민을 듣고, 기운이 나도록 여러모로 친절하게 대해줬으니까요."

"겉을 친절한 모습으로 가장하고, 악의를 간단히 숨길 수 있는 사람도 그중에는 있으니까. 내가 하는 말은 억측에 불과하지만, 츠루기 씨는 젊고, 특히 지금은 기억이 또렷하지 않으니 말이야. 그런 사람보다도 제대로 기억하고 있는 우리를 더 의지하고, 신경 쓰이는 일이 있으면 바로 상담해줘. 츠루기 씨를, 도울 테니까."

누에가하라 씨가 이야기를 정리해버리자, 뭔가 말하고 싶은 듯하긴 했지만 "네"라는 말만을 하고 미츠루는 고개를 끄덕였다.

두 사람은 때때로 바깥의 풍경으로 시선을 돌리며 직장과 학생 시절의 이야기로 꽃을 피웠다.

그 뒤로, 설마 했던 전개는 찾아오지 않고, 게임 센터와 카페를 들렀다가, 이케부쿠로에서 가장 가까운 역으로 가는 전철을 탔다.

"다행이네요, 아무 일도 없어서."

"정말 다행이야……."

도중에 네코무라 씨가 "이대로 술을 마시게 해서, 호텔 거리로 끌고 가면 완전히 아웃인 거죠."라는 불길한 소리를 하니까. 솔직히 지금까지 살아 있는 느낌이 아니었다.

그렇다고 해도 미츠루의 일이다. 설령 누에가하라 씨가 그런 식으로 움직여도 초보적인 함정에 그리 쉽게 걸리지 않을 것이다.

뭐가 어찌 되었든 간에 오늘 하루 품고 있던 최악의 상상은 기우로 끝나고, 겨우 내 머리에서 사라졌다.

개찰구를 지나면 나는 네코무라 씨에게 오늘 고마웠다는 인사를 하고, 헤어질 생각이었다. 앞에 걷는 두 사람도 거기서 해산할 것으로 생각했기 때문이다.

"츠루기 씨, 잠시… 조금 더 괜찮을까?"

누에가하라 씨가 서쪽 입구로 가려는 미츠루를 불러 세우고, 뭔가 귓속말을 한 뒤에, 왠지 두 사람은 헤어지지 않고 같이 동쪽 입구로 나갔다.

——뭐지……?

우리도 역사에서 멀어지는 두 사람을 다시 미행했다.

그들이 가는 곳은, 미츠루가 이전에 울고 있던 그 가로등이 적은 공원이었다.


"할 이야기라는 게 뭐죠?"

미츠루는 벤치에 앉아서 누에가하라 씨가 자판기에서 사 온 캔 커피를 받아들며 물었다.

누에가하라 씨는 그 옆에서 조용히 담배를 한 대 피우고 있었는데, 조금 전부터 말수가 적어졌다.

그런 두 사람을 우리는 벤치 뒤의 수풀 그늘에서 숨을 죽이고 지켜보았다.

뭐야, 이 묘한 분위기는? 이상할 정도의 고요함은?

"설마 누에가하라 씨……."라고 옆에 앉아 있는 네코무라 씨가 표정이 험악해진 채로 속삭였다. 그게 신경 쓰여서 그녀에게 물어보려고 하자, 가만히 있던 누에가하라 씨가 꽁초를 휴대 재떨이에 넣고 이야기를 꺼냈다.

"역시 아직 기억하지 못하는구나."

"네?"

"혹시 기억을 떠올릴지도 모른다고 생각했는데…… 하지만 어쩔 수 없겠어."

"무슨 말씀이시죠?"

미츠루가 고개를 갸웃하고 누에가하라 씨는 한 사람이 들어갈 정도로 벌려져 있던 벤치의 거리를 좁히더니, 그녀에게 어깨를 가까이 댔다.

"저기……."

"미안해. 이런 소리를 하면, 미츠루 씨가 많이 당황하리라고 생각해. 몇 번이고 말하면 안 된다고 나 자신을 설득했어…… 하지만, 더는 안 되겠어…… 더는 참을 수가 없어."

뭘 하려고 하는 거지, 이 사람──.

"츠루기 씨, 놀라지 말고 들어. 나, 츠루기 씨가 사건에 휘말리기 전에, 실은 츠루기 씨에게 고백했어. ……너를 좋아한다고."

미츠루의 옆얼굴보다도, 나의 표정이 더 굳어졌을지도 모르겠다.

"믿지 못할지도 모르지만, 정말 그랬어. 나는 계속, 네가 잊은 3년 동안, 너를 계속 마음에 두고 있었어. 나는 이렇게 보여도 내성적이라서 말이지, 좀처럼 말을 꺼내지 못했던 거야. 하지만 그 사건이 일어나기 1주일 전, 네게 마음을 전했어. 그리고…… 너는 그때, 내 마음을 받아줬어."

"아니, 저기. 그건…… 정말…… 인가요?"

"혼란스럽겠지. 무리하게 이해를 강요한다는 자각도 있어. 하지만, 네가 나에게 아무런 마음이 없다고 해도, 나는 너를…… 지금도 마음에 담고 있어. ……잔혹하잖아, 겨우 네가 내 마음에 응해주었는데. 그날도 일이 끝날 때까지 너를 바깥에서 기다리고 있었던 거야. 나는 눈치채지 못해서 바로 달려가지 못했지만, 그 뒤에도 네가 모든 것을 다 잊었다는 사실을 알고, 충격으로 바로 만나러 갈 수가 없었어…… 미안."

아니다. 그런 건… 그저 날조다, 진실 따위가 아니야.

이 사람은, 아무렇지도 않은 표정으로 거짓말을 하고 있어.

미츠루를 속여서, 잘못된 방향으로 유도하려 하고 있어 ─.

온몸의 피가 들끓는 것 같은 불쾌감에 휩싸이고, 나는 몸을 살짝 일으켰다.

미츠루는 혼란스러운지, 입을 벌린 채.

바로 믿을 수 있을 리가 없다. 하지만, 기억을 잃은 자신 탓에 이 사람이 상처 입은 것만은 사실이라고 생각했을지도 모르겠다.

"죄송해요…… 전."

"아니야, 사과하지 않아도 돼. 사과해야 할 건 내 쪽이야. 내 기분만 우선해서, 너에게 갑자기 이런 받아들이기 힘든 진실을 말하는, 최악의 남자야."

연약하게 웃더니, 그는 다시 그때 미츠루의 몸을 잡아당겼다.

"하지만 괜찮아. 3년의 기억 따위, 그렇게 연연할 필요는 없어. 필사적으로 떠올리지 않아도 돼."

"네?"

"하지만, 부디 이것만은, 용서해줬으면 해."

커피 캔이 지면에 굴러 떨어지고, 내용물이 사방으로 튀었다.

누에가하라 씨와 미츠루의 얼굴이 가까워지고, 겹쳐지려고 했다.

그녀도 우리도, 그 행동의 의미를 완전히 이해했다.

네코무라 씨가 당황한 목소리를 내며 일어서기 직전, 나는 수풀 뒤에서 뛰쳐나갔다.

"그만둬——!!"

공간을 깨부수는 듯한 나의 분노한 목소리에 두 사람은 움직임을 멈췄다.

수풀에 발이 걸리면서도, 거친 숨을 몰아쉬면서 벤치 앞으로 나가자, 생각지도 못한 제삼자의 등장에 미츠루는 경악을 감추지 못했다.

"……이누카이 씨."

"무슨 짓을, 이런!"

그녀와는 눈도 마주치지 않고, 말도 안 되는 헛소리를 지껄이고, 결국에는 합의도 없이 경솔한 행동에 나선 상대를 나는 노려보았다.

"뭘 하려고 하는 겁니까!! 남의——."

"남의? 남의 뭐?"

말을 하면서 주먹을 쥐자, 그는 냉소를 지으며 일어서서 나에게 다가왔다.

"그녀는 네 소유물이 아니잖아? 누구야? 넌."

몸이 떨렸다. 분노만이 앞서서 냉정함을 유지할 수 없다.

"아아, 떠올랐다. 분명히 자주 우리 가게에 오던 사람이네. 싫어하는 츠루기 씨를 항상 쫓아다니던 민폐 천만의 인간."

목소리가 거칠어진 나와 대조적으로 누에가하라 씨는 여유로운 표정으로 말했다.

"아니라는 표정이네. 오늘도 우리 두 사람을 계속 필사적으로 쫓아다니며 지켜봤지. 그걸 스토커라고 하지 않고 뭐라고 하지?"

"대체 무슨 이야기죠?"

미츠루의 시선이 나에게만 쏟아졌다.

제대로 대답하지 못하고 이를 악물었다.

"신뢰를 이용해서, 이 이상, 그녀를 혼란스럽게 만들지 말아 주시겠습니까……. 거짓말을 해서 돌아보게 만든다고 해도, 그런 것은 그녀를 위한 일이 아닙니다."

"그거 듣기 안 좋은 소리 하네. 나는 츠루기 씨의 버팀목이 되어주려고 생각했을 뿐이야. 그리고 거짓말을 하는 것은 네 쪽이잖아? 병원에서 끈질기게 성가시게 군 뒤에, 다른 사람인 척하고 기억도 없는 츠루기 씨에게 짐짓 상냥하게 대해주면서 접근하고 말이야."

코웃음 치는 모습에, 분노의 불꽃이 다시 폭발했다.

"아니야……, 나는——!!"

외치고 나서. 결국은 어쩔 수 없다는 사실을 깨닫고, 나는 낮게 신음했다.

그리고 움직이지 않던 미츠루의 팔을 잡고 떼어내듯이 그 자리에서 떠나갔다.

"자, 잠깐!"

공원이 점점 멀어져간다. 딱 한 번, 네코무라 씨의 목소리가 들렸지만 나는 이제 돌아보지 않았다.

"지금 그거, 네코무라 씨?!"

미츠루가 설명을 요구했다.

"어떻게 된 거죠, 네코무라 씨도 같이? 기다려, 떨어져주세요!! 이누카이 씨——."

당혹이 점차 공포로 바뀌고, 그녀의 손이 내 손을 떼어

내려고 했다.

"어디로 가시는 거죠? 떨어져요…… 싫어!"

"팔, 아파요!" 비명처럼 외치는 소리를 듣고도 나는 멈추지 못하고, 그저, 그저——어두운 철길 옆의 길을 곧게 전진했다.

"그만두세요!!"

몇 번째로 들리는 거절의 목소리. 그녀가 강하게 팔을 비틀어 올리자, 그때야 겨우 우리의 땀으로 젖은 손이 떨어졌다.

바깥 공기와 닿은 순간, 나의 끓어오르던 머리도, 냉수를 뒤집어쓴 듯이 단숨에 깼다.

돌아보자, 그녀는 재빨리 거리를 두었다.

서로 호흡을 낮추고, 한동안 마주 보았다. 땀에 젖은 나와 땋아 올렸던 머리카락이 흐트러진 미츠루.

등 뒤에서 전차가 다가오고 미지근한 바람에 그녀의 치마가 격렬하게 나부꼈다.

"안경…… 안경을 벗어주세요."

엄격한 눈빛에 꿰뚫리고, 나는 시키는 대로 안경을 벗었다.

"역시, ……그때의, 병원의."

나를 보고 그녀의 표정이 싸늘하게 얼어붙었다.

"어떻게 된 거죠? 저희를 보고 있었다고, 누에가하라 씨가 말했던 게…… 정말인가요?"

솔직히 말하라고 호소하는 눈동자를 피하지 못하고 솔직히 인정했다.

"미안……."

"처음부터 계속 거짓말, 했던 건가요? 이름까지 속이고."

"그건……."

시선을 피하고, 주먹을 움켜쥐도, 그녀가 바라는 설명이 되진 못했다.

"얼마 전에 식사했을 때는, 친근하게 이야기를 들어주는, 무척 상냥한 사람이라고, 좋은 사람이라고, 생각했는데, 어째서——."

팔을 뿌리쳤을 때 지면에 떨어진 종이봉투에서 화분이 담긴 상자가 흘러나와서, 그걸 웅크리고 주운 그녀는 슬픈 눈빛으로 말했다.

"이제…… 뭐가 뭔지 모르겠어요, 뭐가 진짜인지. 누에가하라 씨는 그런 소리를 하고, 당신은 나와 교제했었다고 말하고. 어째서, 이럴 때야말로 떠올려야 하는데……!"

거짓말과 진실을 스스로 판단하지 못하고, 쌓이고 쌓인 스트레스가 두통을 일으켰는지, 미츠루는 그때 괴로운 듯이 표정을 일그러트리고, 관자놀이 부분을 눌렀다.

"부탁할게요. 진실을 알려주시겠어요? 그날, 병원에서 저한테 한 이야기도 거짓말이었나요? 만약 사실이라면, 사실이라면 제대로 말해주세요, 아니라면 아니라고, 말해주세요."

미츠루는 울음을 터트릴 것처럼 쌓인 감정들을 토해냈다.

"알려주세요, 당신은 누구예요! 부탁이니까, 확실히, 지금 여기서 말해주세요……!!"

반향을 일으킬 정도로 큰 목소리로, 격렬하게 어깨를 헐떡이는 미츠루를, 나는 얼마나 답이 없는, 곤란한 눈빛으로 바라보고 있었을까?

"으…….”

지금까지 그녀에게 설명하지 않았던 것도, 그녀를 상처 입히고 싶지 않다는 것도, 내 멋대로의 생각이었다는 걸 사실 처음부터 자각하고 있었다.

그녀도 나도──이제 이 이상은 무리라고, 알고 있으면서.

"……안 돼."

그날까지 보여줬던 미소가 갑자기 뇌리를 스치고, 나는 다시, 그녀가 바라는 대답을 건네줄 수가 없었다.

얼굴이 창백해져서 이마에 수많은 땀방울이 맺히고, 지금이라도 쓰러질 것 같은 미츠루에게 여기서 전부 다 말하면 어떻게 되어버릴지——.

이미 벌써 허용치를 넘긴 그녀의 마음에, 이 이상의 충격을 주면 풍선이 터지듯이 그녀의 안에서 뭔가가 파열해 버리는 건 아닐까?

그렇게 생각하면 무서웠다.

"……지금의 너한테는 말할 수 없어."

"어떤 의미죠?"

"……."

"그것도 말할 수 없다는 건가요……."

어떻게든 잘 변명하려고 고민하던 나를 건널목의 경보가 재촉하는 듯했다. 그런 나에게 그녀는 더 파고들기를 포기했다.

"말할 수 없다면, 이제 그만둬 주시겠어요? 저도 당신에게 심한 말은 하고 싶지 않아요. 이 이상, 고민하고 싶지 않아요. 죄송해요…… 그러니까 이제——."

그렇게 말하고 등을 돌린 미츠루가 붉은 경보가 울리는 방향으로 걷기 시작했다.

　이윽고 정면에서 다가온 전철의 격렬한 소리와 함께 맞바람에 휩싸이기 직전, 나는 딱 한 번 그녀의 이름을 불렀지만, 미츠루는 돌아보지 않고──그 자리를 떠났다.

　작아지는 그 뒷모습을, 나는 마지막까지 쫓아갈 수가 없었다.

아마, 그건 첫눈에 반한 것이었다.

옛날부터 내성적이었던 나는, 주위에서 당연한 듯이 즐기는 연애라는 것에 좀처럼 손을 뻗지 못하고, 순식간에 학생 시절을 끝냈다.

뭐 초조해할 것 없다. 사회인이 되면 이런 나라도 언젠가는…… 이런 생각을 하고 있었지만. 취직하고 나서는 직장에 이성은 거의 없고, 업무에 날을 지새우는 사회인에게 만남이라는 게, 한참 멀리 동떨어져 있다는 사실을 알았다.

그렇기에 한때는 초조했다. 남자는 30을 넘겨도 찾으려고 하면 상대를 찾을 수 있다, 최근에는 인터넷에서의 만남도 있고, 라는 이야기를 자주 들었지만, 한껏 독신을 즐기겠다는 마음은 없었고, 내성적이라고 해도 흥미가 없는 것도 아니었다. 적극적으로 사랑을 하고 싶다고 생각한 것이, 마침 3년 전.

길거리에서 찾는 것도 단체 미팅을 하는 것도 아무래도 용기가 없어서, 만남이 없는 나를 불쌍히 여긴 소꿉친구에게 여자 한 명을 소개받기로 했다.

'신경 쓰인다면 한번 보러 가 봐도 되지 않을까?'라는 소리를 듣고 나는 어떤 쇼핑센터에 손님을 가장해서 발길을 들이밀었다. 그리고——그녀를 발견했다.

등이 곧고, 자세가 예쁜 사람이라고 생각했는데, 정면에서 본 얼굴은 내 취향에 꽉 찬 직구로 들어왔다.

번개를 정수리에 맞은 것 같은 충격을 맛보고, 이제는 눈을 뗄 수 없게 되었다.

여성인데 손수레도 쓰지 않고 무거워 보이는 상자와 애완동물 사료 봉투를 안고 빠릿빠릿하게 일한다. 고객응대도 친절하고, 항상 웃는 얼굴. 청소는 다른 스태프보다 솔선해서 하는 느낌이 들었고, 거기다가 손도 빠르다. 접객을 위해서 만들어낸 가장한 모습이 아니라, 어쨌든 열심히 노력하고 있다는 느낌이 온몸에 배어 있었고, 차분한 외모에 맞지 않게 활발하다는 인상은 나쁘지 않고 오히려 무척 좋았다.

그녀가 새끼강아지를 안아 들고 상냥하게 쓰다듬으면서

미소 짓는 옆얼굴에, 심장이 옥죄어왔다──그런 처음 느끼는 감각을 나는 맛봤다.

──좋아해.

부끄럽지만, 직감적으로 그렇게 생각했다.
그녀를 좋아하게 된 이유는, 되돌아보면 이렇게 간단한 일이었다.

매미 소리가 멀리서 들리는 곳 앞에서, 나의 휴대전화가 울렸다.
충전기에 꽂지도 않고 대충 바닥에 굴러다니던 휴대전화. 익숙한 멜로디와 빠른 진동이 일정 간격으로 반복되는 그것을 보고 '적당히 받아'라고 말하고 싶은 듯이 라이스가, 이불을 뒤집어쓴 내 다리에 축축한 코끝을 비볐다.
그래도 나는 그 소리에서 도망치고 싶어서 몸을 웅크리고, 더 깊이 이불 속으로 파고들었다.
그 소동에서 슬슬 일주일이 지나가려 하고 있었다.
그 뒤로, 네코무라 씨가 나를 걱정해서 몇 번 정도 전화를 걸어 주었다.

나를 대신해서 사실을 설명하겠다고 제안해주었지만, 나는 거기에 제동을 걸었다.

네코무라 씨의 개입으로 미츠루가 지금까지의 내 행동을 혹시 믿어준다고 해도, 그녀와 나 사이에 생긴 골은 메워지지 않을지도 모른다. 만약 그렇게 되어도, 미츠루는 진실을 알아서 다행이라고 생각해줄까?

그날 밤, 그녀의 괴로운 표정이 눈꺼풀 안쪽에 떠올랐다.

지독한 경험을 하게 만들어 버렸다. 이대로 진실을 모르고 있는 게, 더 만나지 않는 게, 그게 지금의 그녀를 위한 일일지도 모른다.


7월이 지나가고, 어느 사이에 8월이 찾아왔다.

그러고 보니……, 여름 전에 바다를 가기로 약속했던가.

미츠루는 새로운 수영복을 샀다고 말했지만, 어떤 것이었을까? 좀 보고 싶구나.

2년 만에 나온 게임 신작 소프트, 같이 하자고 말했던 그거, 이미 발매했네.

미안, 네가 귀여워하던 베란다의 다육식물 컬렉션, 물

을 얼마나 줘야 할지 몰라서, 하나 죽어버렸어.

가고 싶어 하던 가부키도 연주회도, 이럴 줄 알았으면 더 빨리 가뒀으면 좋았을 텐데.

나는, 지금까지 대체 뭘 했던 건지…….

그녀를 괴롭히고 싶지 않다고 말했으면서, 결국, 무엇 하나…….

동굴처럼 어두운 이불 속에서 움직이지 않은 채로, 정신을 차리고 보니 생각하고 있는 것은 그녀에 대한 일과, 다 씻을 수 없는 후회뿐이었다.

지금까지 당연한 듯이 하루하루를 소비했다. 서로 일을 하고 있으니까 만나지 못하는 나날이 계속될 때도 있었지만, 그런 때는 전화통화를 하고, 만날 날에 대한 기대로 마음이 부풀었다. 그러니까 고통이라고 생각한 순간은 지금까지 한 번도 없었다.

만나도 만나지 않아도, 그녀를 생각하는 어떤 시간도, 나에게는 기분 좋은 것이었다.

그런데 지금은 하루하루가 무의미의 연속이라, 뭘 해도 손에 잡히지 않고, 감정이 움직이지 않고, 의욕이 피어나지 않는다.

미츠루는 저래 뵈도 꽤 외로움을 많이 타는 면이 있어서 나는 그런 그녀를 상냥하게 받아주는 역이라고 남몰래 마음속으로 생각하고 있었는데, 나도 나대로 그녀가 없으면 상당히 형편없는 인간으로 추락한다고 이번에 싫을 정도로 깨달았다.

희미하게 생각하고 있는 사이에도 휴대전화는 여전히 계속 울렸다.

잘 생각해 보니 한 시간 전부터 계속 이런 상태다.

아무리 나라도 신경이 쓰이기 시작했다. 직장일 가능성도 있다. 혹시 그렇다면 난처하다.

겨우 이불에서 기어 나올 결심이 서서 계속 자기주장을 하던 그 녀석을 움켜쥐고는, 빼곡하게 나열된 착신 이력을 보고 반사적으로 허둥댔다.

직장에서 온 게 아니다. 그저, 같은 이름이 화면에 계속 열을 지어서, 스크롤이 끊이지 않았다.

대체 뭐가…… 라며, 하여간 회신 전화를 하려고 했을 때. 라이스가 고개를 치켜들더니, 딱 한 번 울고 일직선으로 문을 향해 달려갔다.

또각또각……, 또각또각……, 또각또각 또각또각——.

얇은 힐이 바닥을 때리는, 그런 소리가 공동 현관 안으로 다가와서, 우리 집 앞에서 멈추는가 싶더니, 다음에 난폭하게 벨소리가 연속되었다.

허둥지둥 현관으로 가서, 문고리를 쥐고 열었다.

거기에는 로즈핑크의 허리까지 닿는 컬이 들어간 긴 머리카락, 요염한 붉은 루주, 섀도와 아이라인으로 채색된 커다란 눈. 나는 잘 모르는 여름 최신의 코디로 몸을 휘감고, 너무 높은 핀 힐을 신은 마른 체형의, 게다가 스타일 빼어난——존재감이 넘쳐흐르는 초 절정 미녀가 선명한 저녁노을을 배경으로 삼아, 문을 연 나를 험악한 표정으로 내려 보더니,

"야 이 자식아. 내 전화를 무시하다니, 간이 배 밖으로 나왔어?"

입을 열자마자 이렇게 말했다.

"우사……."

"너 지금까지 뭐 하고 있었어?"

"아니, 너야말로 어째서……."

내가 대답하자 도발적인 미인은 얼굴을 더 무섭게 바꾸고는 내 멱살을 잡았다.

"어째서가 아니야, 제대로 설명해 줘야지. 뭐가 어떻게 된 거야?"

그렇게 말하면서, 목의 스톨을 느슨하게 풀었다. 드러

난 목덜미에서 나타난 것은, 가냘픈 몸과는 어울리지 않는 목젖.

라이스가 코를 킁킁대면서 기쁜 듯이 달라붙고, 나는 허둥대는 상태로 헛기침을 했다. 그에 인내심이 끊어졌는지, 그 미인은 다시 날카롭게 소리를 질렀다.

"그러니까, 너희 대체 얼마나 크게 싸웠냐고 묻는 거잖아!!"

그 목소리에 숨을 되돌린 듯이 번뜩 정신 차렸다.

눈앞의 방문자가 어째서 여기 있나? 그 이유를 깨달았다.


갑자기 나타난 코스프레를 한 듯한 미인의 이름은, 토즈카 유키노죠(兎塚雪之丞).

복장이나 언동으로 봐서는 무척 헷갈리게도, 어디서 어떻게 봐도 미인 누님으로밖에 보이지 않지만, 무척이나 유감스럽게도 그녀——아니 '그'는 생물학상, 의심할 여지 없이 진짜 남자였다. 말하자면 세간에서 일반적으로 '퀴어(Queer)'로 불리는 범주의 인물이다.

말없이 있으면 성별 사칭도 완벽하게 해낼 수 있는 하이 퀄리티 트랜스젠더인 그와 나의 관계는 고등학교까지 동급생이자 소꿉친구이며, 그와 동시에 미츠루와는 전문학교에서의 팀메이트. 즉 그는 우리의 공통적인 친구이며, 우리 두 사람이 만날 계기를 만들어준 인물이었다.

우사(유키노죠라고 부르면 화낸다)가 미츠루를 소개해주지 않았다면, 우리는 교제는커녕 만나는 일조차 없었을 것이다.

나는 물론, 미츠루도 그를 진심으로 신뢰하고 있으며, 아마 교제를 시작하고 나서 진지하게 나에 대해서 상담했던 것은 그뿐이었을지도 몰랐다.

우사도 남을 잘 돌보는 소탈한 성격이라서, 우리를 이러니저러니 해도 여러모로 배려하면서 지지해주었다.

그가 내 집으로 쳐들어온 이유는 역시 얼마 전의 그 일이 얽혀 있는 모양이다. 냉장고 안의 미네랄워터를 자기 것이라는 듯이 다 마신 우사는 보고 온 것을 모두 나에게 이야기했다.

"2주일 전에 미츠루와 시부야에서 팬케이크를 먹을 약속을 했었는데, 그 이후로 좀처럼 연락이 오지 않는데다가, 메시지도 전화도 안 되는 거야. 이상하다고 생각했어. 그래서 그 아이의 직장으로 조금 전에 갔단 말이야. 그랬더니 미츠루, 아무렇지도 않게 평범히 그냥 있어서, 어째서 연락하지 않았느냐고 말했더니, 엄청나게 사과하더라고. 뭐 딱히 그건 상관없었는데."

이상했던 것은 그 뒤라고 라이스와 놀아주던 우사는 표정이 험악해졌다.

"카메랑은 어때? 라고 물었더니 뭐가? 라는 거야."

나는 덜컹해서 얼굴을 돌렸다.

그 순간을 우사는 놓치지 않았다.

"역시 뭔가 있었지?"

"……."

"그게, 이상한걸, 그 아이, 평소와 달랐어. 처음에는 싸우기라도 했나 생각했는데, 아무리 너에 관해서 물어도 몰라, 모르겠어, 라고…… 마치, 그 반응은──너를 완전히 잊어버린 것 같은 느낌이라."

"있잖아."

안 좋은 예감이 슬금슬금 올라왔다.

"장난치는 것 같지도 않고, 그렇다고 해도 뭐가 뭔지 이해가 안 되잖아? 그 아이, 더위로 이상해졌나 싶었어. 그러니까……."

"우사, 혹시 미츠루에게…… 말했어?"

"말했다고 할지."

머뭇머뭇 물어보는 나에게 그는 휴대전화를 만지고 그 화면을 들이밀었다.

"이거, 보여줬어."

우사가 보여준 것은 원터치로 재생할 수 있는 동영상 대기 화면이었다.

지난달에 촬영한 고작 2분 정도의 동영상.

그러나 그 내용은 절대로, 절대 절대로 가벼운 것이 아니었다.

집에서 술자리를 갖다가 만취해버린 미츠루가 어리광부리는 목소리를 내며 나에게 안겨들고, 그런 그녀를 내가 부축하고 있는 모습을 '보기 드문 광경이네'라고 우사가 깔깔 웃으면서 촬영한다는, 겉으로만 봐도 충격적인 영상이었다.

월에 한 번 회사에서 발표되는 매상 순위에서 미츠루가 소속된 가게가 간토 지방 1위를 획득했는데, 그 매상 기록에 가장 많이 공헌한 것이, 평소에 안정된 판매기록을 보유하고 있는 누에가하라 씨가 아니라, 그를 미미한 차이로 앞지른 미츠루였다.

매번 비꼬기만 하던 점장도 그때만은 잔소리하지 않고 분한 듯한 표정이었다며 미츠루는 기뻐하고, 얼마나 기뻤

느지 축배를 들며 우리의 방에서 기분 좋게 술을 마시던 결과 나와 우사는 진지한 그녀가 평소에는 절대로 드러내지 않는 망가진 모습을 보게 된 것이다.

술병과 발포주 캔을 하나하나 비우고, 시종 기분 좋았던 미츠루는, 마찬가지로 기분 좋은 라이스와 춤을 추었는데, 우사는 그 처음과 끝을 폭소하면서 동영상으로 담았다.

어이없었던 내가 그에게 시선을 보내자, 그게 불만이었는지 미츠루는 내 넥타이를 잡아당겨 자신을 보게 하더니, 자신이 나서서 먼저 키스하고, 그대로 풀썩 내 품 안에서 무너져 내렸다.

지금 그녀가 이걸 전부 다 본다면, 그야말로 충격 정도가 아닐 것이다. ──머리 한구석에서 얼어붙을 것 같은 추위를 느꼈다.

"그랬더니 미츠루, 왠지 무시무시한 표정을 짓고, 땀을 진짜 엄청나게 줄줄 흘리더니, 그리고 너를 가게에서 찾았다고 할지…… 하여간 허둥지둥, 이상했었어. 어쩔 수 없이 너에게 무슨 일이 있었는지 물어보러……."

말을 끝내기 전에 나는 일어서서, 이불에 놓여 있던 휴대전화를 낚아챘다.

화면을 스크롤해서 착신 이력을 거슬러 올라가자, 나열되어있는 부재중 착신 아래에 네코무라 씨에게서 온 메시지도 들어와 있었다. 미츠루가 직장에서 현기증을 일으켜서 조퇴하고 병원으로 갔다고 하는 마지막 메시지가 온 것이 3시간이나 전이었다.

——'병원'이라는 문자가 머리에서 떨어지지 않게 되고 손가락 끝이 떨리기 시작했다.

말도 아니고 사진도 아니다. 영상이라는 움직이는 진실과 대면한 미츠루가 그 순간 무슨 생각을 했을까? 그 뒤에 어떤 행동에 나섰을지, 생각할 필요도 없었다.


"미안해. 츠루기 씨라면 조금 전에 돌아갔어. 자네를 부를 테니 기다려 달라고 했지만 말이야."

진찰실로 온 나를 하케 선생님은 미안하다는 듯이 맞이해 주었다.

"어긋나버렸군."

내가 설명하지 않아도 하케 선생님은 이미 다, 지금까지의 일을 미츠루에게 들은 모양이었다.

"두 사람 다, 힘들었겠어."라고 내 얼굴을 보며 위로의 말을 건네주었다.

"저기, 미츠루는…… 쓰러졌다고."

"괜찮아. 스트레스와 수면 부족으로 온 현기증이었어. 조금 쉬면 기운도 차릴 테고, 약도 조금 줬으니까. 걱정할 거 없네."

"그런가요."

"묻기 전에 말해두지. 츠루기 씨에게 자네가 숨기고 있던 일, 전부 이야기했어."

놀라지 않았다. 그러지 않을까 생각했으니까.

"츠루기 씨에게 많이 야단맞았지."

하케 선생님은 조금 곤란하다는 표정으로 한숨을 쉬었다.

"그렇게 화를 냈습니까……."

"아니, 자네에게는 화를 내지 않았어. 오히려 자네가 뒤에서 분투하고, 지켜봐주었다는 사실을 받아들이지 못해서, 자신이 잊어버린 것에 대해서 상당한 책임감을 느끼는 것 같았지. 전부 예상한 그대로였군."

지금까지 신출귀몰하게 모습을 드러내던 수수께끼의 남자가 스토커가 아니라, 연인이라는 사실을 새삼 알고, 미츠루는 상당히 충격을 받은 모양이었다.

"그러니까 츠루기 씨의 반응은 정상이라고 전했어. 사

람은 기억이라는 것에 의존하는 생물이니까 말이지. 모자
란 기억을 더 정확하게 보충하기 위해서, 기억에 존재하
지 않은 사람보다 존재하는 사람들의 말을 먼저 믿어버리
는 것은 누구나 그러는 것이고, 전혀 이상한 일이 아니야.
그러니까 누구도 탓할 권리는 없고, 츠루기 씨도 자신을
탓해서는 안 된다고 말일세."

선생님은 싱긋 웃으며 이어갔다.

"물론, 자네도 말이야, 자신이 그녀를 괴롭히고 있다니,
그런 생각을 해서는 안 되는 거야."

"하지만 그때, 처음부터 제대로 설명했다면, 이런 식이
되지는 않았습니다. 괴로운 경험을 하게 만들고 싶지 않
았는데, 이래서는 본말전도예요……."

"앞으로 어떻게 될지 알 수 없는 일이야. 그녀는 괴로운
경험을 했다고 받아들이지 않고 있고. 모든 사실을 알고,
당혹스러워하면서도 현실과 제대로 마주하려고 했으니 말
이야. 츠루기 씨는 자네의 생각보다 강한 면이 있어. 지금
까지 자네의 행동도 전부 자신에게 향한 애정이라고, 이
미 알고 있으니까."

그러니까 그런 표정 짓지 말게, 라며 나에게 고개를 들
게 하는 선생님.

"멀리 돌아오게 되었을지도 모르지만, 이로써 다시 한 번 마주할 수 있게 되지 않았나? 그녀는 이대로 얌전히 기다리고 있을 생각은 없어보였어. 그러니까 자네도, 이제는 생각대로 움직이면 될 뿐이야."

선생님은 그렇게 말하고 나를 배웅했다.

병원에서 나가자, 집을 뛰쳐나온 나를 쫓아온 우사와 목줄로 연결된 라이스가 주차장에서 기다리고 있었다.

"미안, 쓸데없는 짓을 해서."

우사는 미안한 듯이 말하고 내 어깨를 감쌌다.

"설마, 미츠루에게 그런 일이 있었을 줄이야, 상상도 할 수 없었는걸."

"아니야. 나도 말하지 않았으니까."

이동 중에, 우사에게는 미츠루의 상태와 지금까지의 일들을 모조리 다 설명했다. 처음에는 기억을 잃었다는 사실을 믿지 못하겠다고 반복해서 말했지만, 그렇지 않으면 앞뒤 상황이 맞지 않는다는 걸 깨닫고는, 나보다 쉽게 현실을 받아들이고, 그 뒤로는 바로 자신에게 의지하지 않았다는 사실에 불만을 늘어놓았다.

"미안, 네 도움을 받는다는 생각을 할 틈도 없을 정도로, 아마, 머리가 제대로 돌아가지 않았던 거 같아."

"뭐, 힘들었을 거라는 것은 너를 보면 잘 알겠어."

숨겨왔던 진실이 생각지도 못한 형태로 드러나고, 아이러니하지만 무의식적으로 휘감고 있던 중압감에서 나는 겨우 해방된 것 같았다.

그 증거로, 조금 전까지 계속 굳어 있던 미간 부근이 이제야 조금 저린 느낌이 들었다. 솔직히, 그날부터 계속 냉정하지 못한 상태가 이어졌다고 생각했다. 그녀가 없는 일상은 생각보다 훨씬 견디기 힘들었으니까.

하케 선생님도 말했지만, 이런 형태가 최악의 사태라고는 말할 수 없었다. 오히려, 이렇게 되어서 겨우 멈춰 설 수 있게 되었다.

깊은 한숨을 내쉬자, 주차장 구석에 웅크리고 앉은 내 무릎 위로 라이스가 머리를 올리고, 귀를 축 늘어트리고는 슬픈 듯이 코를 킁킁댔다.

여름을 타서 기운이 없다고 생각했는데, 라이스는 아무래도 내 마음속을 예전부터 꿰뚫어 보고 있었던 모양이다. '개는 자신을 비추는 거울'이라고 미츠루가 전에 말한 적이 있는데, 그 말이 맞았다. 내가 기운이 없는데, 이 아이가 기운이 넘칠 리가 없었다.

"미안해, 라이스도. 걱정을 끼쳤어."

따뜻한 털 뭉치를 꼭 껴안자 '용서해줄게'라고 말하는 듯이 얼굴을 마구 핥았다.

　"뭐…… 지나간 일은 어쩔 수 없다고 치고, 앞으로가 문제야. 너 어떻게 할 거야?"

　"어떻게 하냐니."

　"조금 전에 전화했는데, 미츠루가 아직 집으로 돌아오지 않았대."

　"뭐?!"

　직장에서 쓰러지고, 병원에 가서, 그 뒤로 집에 돌아가지 않고 어디로 갔다는 거지? ——거기까지 생각하고, 그게 아니잖아, 라고 나는 나 자신을 탓했다.

　'그녀는 이대로 얌전히 기다리고 있을 생각은 없어보였어.'라고 선생님이 말한 의미를 깨달았다.

　미츠루는 찾는 것이다, 기억에 없는 나를. 내가 있는 장소를.

　찾을 방법이 있는 것도 아닐 텐데. 그래도 내가 있을 법한 장소를, 갈 법한 장소를, 우리가 갔을 법한 장소를, 지금도 분명히 혼자 찾고 있을 것이다.

　이런 곳에서 멈춰 있을 수 없어——.

　"미츠루를 찾으러 가자. 우사, 도와줄 수 있어?"

두말하지 않고 우사는 바로 승낙하고, 나는 두 뺨을 세게 치고는 일어섰다.

우울해하는 것도, 약한 소리를 하는 것도 여기까지다.

미츠루가 이럴 때 제대로 앞을 향하고 있다는데, 내가 바닥만 내려다보면 어떻게 하겠어?

움직여야 해.

그녀의 불안을, 이번에야말로 지워주고 싶어. 아무런 걱정도 할 필요 없다고 말해주고 싶어.

그리고 너와 만나고 싶었다고 솔직한 마음을 전하고 싶어.

미츠루와 하고 싶은 말이 잔뜩 있어.

만나서 지금 당장, 전하고 싶은 것들이 잔뜩 있어.


역 앞의 상점가. 미츠루의 자택 근처와 역 반대의 공원, 히마루 식당, 생각나는 모든 장소를 나는 우사와 돌며 미츠루를 찾았다.

그녀도 그녀대로 우리와 같은 생각을 하고 있다면, 최근에 간 장소를 돌고 있을 가능성이 크다. 그렇게 생각했지만, 탐색은 상상 이상으로 무척 힘들었다.

도중에 우사가 미츠루의 본가에 연락을 넣고, '미츠루에게 돌아오라고 전화해줬으면 한다.'라고 말해주었지만, 그 뒤로 2시간이 걸려도 우리는 그녀를 만날 수 없었다.

그럴 때, 지나가던 쇼핑센터에 네코무라 씨가 있다는 사실을 떠올렸다.

혹시 미츠루가 여기서 발을 멈췄을지도 모른다. 험악한 표정으로 우리가 폐점 직전의 가게로 들어가자, 그녀는 여기로 오리라고 예상했었는지, 청소를 내던지고 달려서 다가와 주었다.

"미츠루 선배, 1시간 전에 돌아오셨었어요."

내가 없다는 사실을 확인하고, 불러 세울 틈도 없이 나가버렸다고 한다.

직원실에 있는 잊고 간 물건을 들려 보내려고 눈을 뗀 사이에 사라져 버렸다며, 네코무라 씨는 자신이 한심하다는 듯한 표정으로 주머니에서 구매한 지 얼마 안 된 미츠루의 휴대전화를 꺼냈다.

"조퇴할 때 미츠루 선배가 잊고 가셨어요. 하다못해 휴대전화만이라도 건네줬다면 지금이라도 불러서 돌아오라고 할 텐데, 죄송해요."

"그래서 연락이 안 되었던 거구나! 정말, 그 아이는 이상한 부분에서 얼빠진 면이 있다니까!"

덜렁대는 미츠루의 모습을 상상하고, 우사는 어이없다
는 표정으로 머리를 감싸 쥐었다.

　"어디에 간다고는 이야기하지 않았을까?"

　"그건 좀…… 하지만 선배, 카메이도 씨를 필사적으로
찾았어요. 낮에도, 선배가 누에가하라 씨에게 화를 냈는
데."

　네코무라 씨는 그때 사건을 다시 생각하며 표정이 흐려
졌다.

　"직장 안에서 가장 존경하던 누에가하라 씨에게 그런
식으로 감정을 쏟아내는 선배, 처음 봤어요. 누에가하라
씨가 그때 한 말, 카메이도 씨와 사귀고 있다는 사실을 알
면서도 거짓말을 했다고 인정했어요. 선배의 마음을 돌리
고 싶었다고요. 선배도 무척 충격을 받으셨을 텐데……
자신보다도, 그때, 카메이도 씨가 어떤 기분이었을지 생
각해 보라고…… 화를 내셨어요."

　"그런 이야기를, 미츠루가."

　"예. 지금 선배는 분명히 죄책감에 짓눌려 있을 테니까
요. 카메이도 씨, 제대로 만나서 이야기를 나눠주세요. 괜
찮아요, 이번에는 분명히 잘 될 테니까요."

　등을 밀어주는 네코무라 씨에게 작별인사를 하고, 우리

는 다시 무작정 바깥으로 뛰쳐나갔다.

"너 달리 짐작이 가는 장소는 없어?"

그런 말을 해도, 짐작이 가는 장소 따위 대충 다 돌아버렸다.

그 이외에 짐작이 가는 곳이라면…….

아니, 기다려.

있다. 미츠루가 갈 법한 장소, 앞으로 딱 하나 더.

교제를 시작하기 전부터 그녀가 좋아한다고, 갈 때마다 말했던 장소가 있었다.

나와 그녀와 라이스가 항상 셋이 걸었던 산책로, 그 마지막에 반드시 들렀던…… 하천부지.

만약 그녀가 지금의 나와 같은 생각을 하고, 나와 만나기 위해서 갈 법한 장소를 찾는다면.

자신이 좋아했던 장소에 내가 오지 않을까 생각했을지도 몰랐다.

"잠깐, 카메, 왜 그래?"

불확실하지만, 왠지 그럴 것 같다는 기분이 들어서, 나는 발걸음이 조금씩 빨라지고, 그리고 달리기 시작했다.


미츠루의 본가 앞에 있는 큰 거리, 그 도중에 있는 육교를 건너면 하천부지는 바로 앞에 있었다.

앞서서 걷는 나를 따라오던 라이스도 이 길 앞에 하천부지가 있다는 사실을 눈치채고, 근처를 지나는 순간 다리에 힘을 세게 주더니, 핀 힐로 돌아다니는 게 아무래도 힘들어졌다고 말하는 우사를 적극적으로 재촉해서 걷게 했다.

나는 콘크리트로 포장된 조금 높은 둑길로 올라가고, 주변을 둘러보았다.

해는 얼마 전에 떨어져서, 멀리 반짝이는 거리의 조명이 빼곡하게 보였다. 그와 대조적으로 하천부지는 조명다운 조명이 없다. 수백 미터 앞에 있는 다리 위에서 가끔 자동차의 라이트가 수직으로 흘러가고, 조깅 중이거나 개를 산책시키는 사람이 들고 있는 불빛이 희미하게 보이는 정도였다.

강가에 제멋대로 자란 풀들은 밤바람에 흔들려서 흙과 강의 냄새를 옮기고, 수면은 찰랑찰랑 희미한 소리를 내며 흘러갔다. 그것을 보고 나는 조금 안도했다.

멈춰선 나에게, 우사는 등을 두드리며 뒤를 돌아보게 했다.

"미츠루, 없는 것 같네."

"응."

"꽤 시간이 지났으니, 포기하고 집으로 돌아갔을지도 모르겠어. 한번 다시 미츠루 집에 전화해볼게."

그렇게 말하더니 우사가 휴대전화를 꺼냈다. 그때였다.

지금까지 콘크리트길에서 열심히 킁킁거리던 라이스가 번뜩 얼굴을 들더니, 뭔가를 느꼈는지 요란하게 짖기 시작했다.

"어, 그…… 앗. 잠깐……!!"

줄이 팽팽하게 당겨지고, 라이스가 전력으로 달리기 시작했다. 핀 힐이라 제대로 발을 디디지 못하고, 우사가 그 자리에 엉덩방아를 찧는 동시에 그가 쥐고 있던 목줄이 손에서 빠졌다.

그 순간, 라이스는 쏘아진 로켓처럼 맹렬하게 달려 나갔다.

"아 정말, 아파!!"

"라이스——!!"

곁눈질도 하지 않고, 다리 근처에 오도카니 서 있던 작은 사람의 그림자를 향해 라이스는 질풍처럼 달렸다. 표적으로 삼은 인간의 앞으로 뛰쳐나가더니 주위를 마구 뛰며, 다시 짖기 시작하는 게 아닌가?

저 녀석 대체 뭐 하는 건지…….

사람의 그림자가 동요한 움직임을 보이더니, 높고 짧은 비명이 허공으로 뿜어졌다. 나도 이끌려서 달리다가, 라이스를 불렀지만, 녀석은 그래도 돌아오지 않았다.

녀석이 장난을 칠 생각이라 해도, 아무런 전조도 없이 목줄을 달지 않은 개가 달려온다면, 누구든지 공포를 느끼지 않을 수 없을 것이다.

그 사람도 신변의 위기를 느꼈는지 슬금슬금 물러서더니, 도움을 요청하는 듯이 시선이 이리저리 움직였다.

"위험해——!!"

둑길 가장자리에서 한쪽 발이 미끄러지고, 그 사람의 몸 균형이 크게 무너졌다. 허공을 잡는 듯이 팔이 허우적거렸다.

"앗, 아!"

거기서, 풀이 깔린 완만한 경사면에 쓰러지기 전에 나는 팔을 뻗어 손목을 잡고, 콘크리트 길 쪽으로 당기려고 했지만, 기울어진 중력의 벡터에는 거스르지 못하고, 나까지 힘없이 둑길에서 같이 떨어져 버렸다.

시야가 크게 회전하고, 내 눈앞의 가냘픈 몸을 나도 모르게 힘껏 껴안았다.

몇 번이고 구른 뒤에 몸이 멈추고, 순간 무슨 일이 벌어졌는지 이해하지 못하고 멍하니 있던 나지만, 바로 일의 중대함을 깨닫고 간담이 철렁했다.

　훈련사 자격을 지닌 미츠루가 하루하루 엄격하게 교육을 했으니까, 이런 식으로 격렬하게 사람에게 달려가는 일은 평소라면 절대 있을 수 없는데.

　"스테이──!!"

　믿기 어려운 폭거에 나선 애견은 이것만으로도 부족했는지 다시 달려들어서 왈왈 짖으며 어프로치를 재개하려고 했기에, 나는 힘껏 고함을 질러서 녀석을 그곳에 엎드리게 했다.

　"으, 읏……."

　알고 있는지 모르는지, 그 자리에 엎드리면서도 들떠서 몸을 흔드는 라이스를 노려보자, 품 안의 온기가 몸을 틀면서 신음했다.

　"아앗!! 죄송합니다, 죄송합니다, 죄송합니다, 정말 죄송합니다, 우리 개가!!"

　나는 무릎을 꿇고 회사에서도 그런 적이 없을 정도로 저자세로 사과했다. 변명할 여지가 없다. 이건 너무 심했다.

　"죄송합니다, 저기, 괜찮으십니까!! 상처는!!"

정말, 정말 죄송합니다. 라고 똑바로 쳐다보지도 못 하고 고개를 계속 꾸벅이고 있자.

"코, 콘택트…… 콘택트가, 빠져서."

부드러운 손가락이 평평해진 풀 위를 더듬더듬 움직였다.

나는 심장이 튀어나올 것 같아서, 바닥을 훑듯이 보며 작고 얇은 렌즈를 찾았다.

"아, 괘, 괜찮아요. 어차피, 일회용이라."

"죄송합니다, 변상하겠습니다!! 저, 저기 보이시나요, 제 안경이라도 괜찮으시면……."

당황해서 안경을 벗어 내민 나와 눈을 비비던 그녀——, 그때 처음으로 우리는 정면의 상대가 누구인지 동시에 인식했다.

"아…… 카메이도 씨."

흙투성이인 미츠루의 얼굴이 거기 있었다.

라이스를 다시 보자, 녀석은 기쁜 듯이 혀를 내밀고 숨을 헐떡이고 있었다.

아아, 그랬던 거였구나. 겨우 상황을 이해하자, 경사 위에서 우사가 내려와, 아무런 말도 하지 않고 목줄을 주워 들더니, 마치 무대 위로 올라온 보조 스태프처럼 재빨리

라이스를 데리고 위로 돌아갔다. 떠나갈 때 "잘 좀 해봐."
라고 나에게 속삭이고선.

다시 두 사람만이 남아, 서로에게서 천천히 몸을 떼더
니, 미츠루는 무릎을 털며 일어서고, 나도 그녀를 따라 일
어섰다.

무척 오랜만에 두 눈동자가 올곧게 교차되었다.

"……어떻게 여길."

"여기로 오면, 만날 수 있다고 생각했어요. 제가, 좋아
하는 장소니까…….."

"그렇구나…… 같은 생각을 했네요."

살짝 서로 미소 지었다.

"츠루기 씨, 저기."

"미츠루라고 그냥 부르세요, 그렇게 불리고 있었겠죠,
전."

내가 대답하기 전에 그녀가 조용히 다시 입을 열었다.

"죄송해요…… 죄송해요!"

목소리를 떨며, 반복해서 말했다.

"……지금까지, 정말…….."

이를 악무는 그녀는 살짝 건드리면 금방이라도 울음을
터트릴 것 같은 표정을 짓고 있었다.

"이렇게 간단한 말로는 어떻게 표현할 수도 없지만…… 저는 당신을, 가장 소중했을 당신을, 지금까지 몇 번이고 상처 입혔어요…… 얼마나 고통스러웠을지……. 그것도 모르고, 내 생각만 해서…… 계속……."

미츠루는 주머니에서 강아지 스트랩이 달린 딤플 형의 열쇠를 꺼내서 나에게 보여주었다.

"이 열쇠가 뭔지, 알고계시죠……?"

아는 것을 넘어서 그건 내 방의 열쇠. 정확하게 말하면 우리의 집 문을 열 수 있는 열쇠다. 미츠루가 소지하고 있는 여벌 열쇠였다.

내 표정을 읽고, 그녀는 열쇠를 강하게 움켜쥐었다.

"역시 그랬네요. 이런 열쇠, 본 적도 없었고, 어디의 열쇠인지 고민하던 때, 카메이도 씨의 얼굴이 가장 먼저 떠올라서."

"미츠루……."

"처음부터 당신의 말을 전부 믿었으면 좋았을 텐데, 계속 어긋나기만 하고, 구제할 도리가 없는 바보라서 어이없으셨겠죠. 3년이나 같이 있었다고 하는데, 모든 것을 잊다니, 실망…… 하셨을 거예요."

가시가 있는 말을 목안에서 쥐어짜내는 듯이 미츠루의

표정이 일그러졌다. 그래도 여기서 울지 않으려고, 우는 것만은 절대 용서할 수 없다고, 주먹을 움켜쥐고, 코에서 숨을 내뱉으며, 견디고 있다는 것을 보면서 알 수 있었다.

"겨우 당신의 기분을 알 것 같아요. 당신이, 그 항상 웃는 얼굴 아래에서 무슨 생각을 했는지…… 하지만, 이제 늦었다는 것도 알고 있어요. 꼴도 보기 싫다고 생각하는 게 보통이겠죠. 그러니까 하다못해, 용서해주세요, 비난이든 뭐든 저에게 해주세요, 전부 받아들일 테니까——."

누에가하라 씨의 일, 진실과 대면, 온갖 충격을 다 받고 거기에다 다시 벌을 내려달라고 말하는 그녀를 보고, 내가 먼저 한계에 이를 것 같았다.

"바보구나…… 그런 거, 화낼 리가 없잖아……."

울먹이는 목소리로 웃었다.

"미츠루, 얼굴…… 들어줘."

나의 어깨도 얼굴도, 그녀보다 더 떨고 있었을 것이다.

"이제 됐어……. 이제, 괜찮아…… 으윽…."

울컥 올라오는 그걸 필사적으로 억누르자 숨 쉬는 게 힘들어 온몸에 열이 고였다.

그래도 계속 말했다. 계속 전하고 싶은 말이 있었으니까.

"미츠루가, 잘못한 게 아니니까……."

터져 나오기 전에 한 걸음, 다가갔다. 허리를 숙이고 그녀의 얼굴에 안경을 씌웠다.

하고 싶은 말이 너무 많아서, 그것들이 앞 다투어 목으로 밀려 올라오는 듯이, 스위치가 켜진 감정이 가속되어서 멈추지 않았다.

"나야말로…… 미안해. 제대로 그때, 솔직히 말했으면 좋았을 텐데. 너를 상처 입히고 싶지 않아서 지금까지 말하지 못했지만. 생각해보니 나 전혀, 그렇게 요령이 좋은 사람이 아니라서, 너를 무섭게 하고 불안하게 만들뿐이었고, 정말 형편없었어……."

괴로운 반성을 입에 담자, 미츠루는 붉어진 눈을 내리며 크게 고개를 저었다.

"겨우 만났어. 겨우 이렇게, 말 할 수 있었어……."

주저하면서도 뺨에 손을 뻗자, 당황스러워하면서도 받아들여 주었다.

지금의 미츠루에게는 당연한 것이겠지만, 낯선 손길에 뿜어지는 긴장감이 전해져서, 나도 처음 그녀를 만지는 것 같은 감동에 휘감겨 있었다.

고작 몇 주일에 불과하다고 말할지도 모르지만, 몇 십

년도 넘게 계속된 긴 악몽에서 지금 겨우 눈을 뜬 심경이
었다.

"죄송해요……."

"네가 사과할 일이 아니야. 미츠루 쪽이 더 힘들었을 테
니까……. 눈도 코도 빨갛고, 울고 있었어?"

그 말만은 듣고 싶지 않았는지 미츠루는 고개를 돌리며
대답했다.

"지금은, 당신이 울고 있잖아요."

"울지 않아. 아직 떨어지지 않았으니까, 세이프 세이
프."

그러자 미츠루는 젖은 눈동자 그대로 웃었다. 그에 지금
까지 억누르고 있던 감정의 뚜껑이 벗겨지고, 사랑스러움
이 흘러넘쳤다.

그녀의 뺨에 묻은 흙을 닦아주던 손을 머리로 가지고 가
서, 처음에는 조심스럽게, 천천히, 소중한 것을 다루는 듯
이 몇 번이고 쓰다듬었다.

"그때, 네가 죽는 건 아닌가 싶었어. 병원에 도착할 때
까지 혹시나 했던 거야."

그렇게 무서운 일은 지금까지 없었다.

"다행이야, 살아있어서. ……다행이야, 정말. 너를 잃지

않아서."

몇 번이고 반복해서 말했다. 저항할 수 있을 정도로만 살짝 껴안자, 그녀는 그에 반항하지 않고, 아직도 떨리는 목소리로 코를 훌쩍였다.

"어째서요……. 3년이나 같이 있었는데, 쏙 하니 전부 잊어버렸는데…… 어째서 그런 식으로 말할 수 있나요…… 어째서, 그렇게, 상냥하게 대해주시는 거예요."

"그런 건 당연하지…… 미츠루니까. 이렇게 할 수 있는 건…… 너한테 뿐이야."

"나한테만……."

뭔가 말하고 싶은 듯이 입을 움직이고, 얼굴을 붉히는 그녀의 뒤통수를 나는 다시 쓰다듬었다.

"어서 와, 미츠루."

계속 할 수 없었던 말을 형태로 만들었다.

"많이 사랑해."

지금까지 몇 번이고 전해온 마음을, 입을 통해 말할 수 있다는 게 이렇게나 기쁜 일이라니, 이전에는 상상도 할 수 없었다. 겨우 말할 수 있었다는 사실에 행복을 느끼고 있자, 그녀가 내 등에 조심스럽게 팔을 두르고, 꼭 힘을 주어 안았다.

"고맙… 습니다……."

미츠루가 부끄러운 듯이 그렇게 말했다. 그 뒤로 기어 들어 갈 듯한 목소리로 "다녀왔어요."라고 대답하자, 나도 더 강하게 팔에 힘을 주었다.

"저, 제대로 기억해낼게요. 빨리, 당신을 떠올릴 수 있게 노력할게요."

"아니야, 초조해하지 않아도 돼. 느긋하게 떠올려가자. 나도 지금부터는 네 옆에서 도울게. 그러니까, 의지해줬으면 좋겠어."

"네……. 저기, 슬슬."

"슬슬?"

"떨어졌으면 좋겠다…… 고 할지."

"안 돼."

"아니, 저기…… 사람이 지나가면."

"조금만 더, 미안, 이대로 있어줘."

아무래도 오랜만이니까. 봐줬으면 싶다.

"아우……."

거부한다고 해도 앞으로 몇 분 정도는 더 떨어지고 싶지 않아.

"──어, 뭐야 저거 커플이잖아."

"우와아! 진짜야!"

불꽃놀이라도 하러 왔겠지, 강을 사이에 끼고 반대쪽 강가로 온 젊은이들이, 꼭 붙어 있는 우리를 보고 야유의 휘파람을 불었다. 그걸 듣고 피부로 전해지는 미츠루의 고동이 빨라졌다.

내심 부끄럽다고 생각하면서도, 그래도 그대로 내 품 안에 계속 머물러 있는 그녀가 무척 귀엽다. 아마 그 때문에 내 고동도 역시도 조금은 빨라졌을 것이다.

나도 평소에는 사람의 눈길을 꺼렸겠지만, 이때만은 닳는 것도 아니야, 보고 싶으면 얼마든지 봐, 라고 대담한 마음가짐으로, 겨우 찾아온 평온의 시간을 만끽했다.


괜찮아──.

분명히 이제 괜찮다.

우리가 쌓아 올린 관계는, 이런 일로 망가지지 않는다. 지금부터 다시 원래대로 될 거야.

서로가 받은 상처를 치료하듯이 눈을 감고 그녀의 온기를 느끼고 있던 나는, 그렇게 믿어 의심치 않았다.

## ◆ 7 ◆

매미의 합주가 절정을 맞이하고, 찌는 듯한 더위에 몸이 적응하기 시작한 8월의 중순.

여기에 이르기까지 수많은 고난이 있었지만 이제 망설일 일은 없다. 앞으로 무슨 일이 있더라도 그녀를 옆에서 지지하고, 헌신하기를 나는 단단히 각오하고, 그녀는 나와 다시 마주해주겠다고 말해주었다.

느긋하게 다가가며, 우리는 잃어버린 3년의 공백을 채우려고 노력했다.

"라이스라니, 쌀을 뜻하는 그 라이스인가요?"

"응, 그래."

"후후, 귀엽네요."

이날, 기억이 리셋되고 나서 처음으로 미츠루가 내 방으로 찾아왔다.

지금까지처럼 그대로 대해줘도 상관없다고 말해주긴 했

지만. 나와는 달리, 지금의 미츠루에게 나는 아직 만난 지 얼마 지나지 않은, 친구조차 되지 못하는 지인 같은 존재일 것이다. 마음을 다 허락하지 못한 남자의 집으로 들어와서 둘만 있다는 것은 무서울 터.

그러니까 그때까지는 연애 초반처럼, 일이 끝나고 나서 카페에서 대화를 나누거나, 식사하러 가거나, 가벼운 산책을 하는 등 그녀에게 무리가 없는 범위에서 교제하고 있었다.

그러나 며칠 전, 사진만으로 보여주던 라이스와 만나고 싶다고 말해서, 희망대로 나는 그녀를 집으로 초대하게 된 것이다.


"역시 사진으로 본 것보다 귀여워! 저기, 사진을 찍어도 될까요? ⋯⋯우와, 감사해요! 아, 귀여워라──. 너는 하얀 양말을 신고 있구나──."

꼬리를 선풍기처럼 돌리면서 달라붙는 라이스를 앞에 두고 오랜만에 신이 난 미츠루.

도둑에게 밟혀서 망가지는 바람에 데이터고 뭐고 다 날리고 나서 새로 구매한 휴대전화로 찰칵찰칵 사진을 찍고, 나를 돌아보며 미소 지었다.

응, 네가 더 귀엽다고 나는 말하고 싶네.

'빨리 쓰다듬어줘'라고 발을 구르면서 재촉하는 라이스에게, 미츠루는 무릎을 꿇고 등을 쓰다듬어 주고는, 폭신폭신한 머리에 얼굴을 꼭 붙이고 껴안더니, 스으읍 냄새를 맡았다.

아, 역시 그건 하는구나.

개성적인 인사 방법에 나는 피식하고 웃었다.

"왜 그러는데요?"

"아니, 역시, 그게 개에 대한 미츠루의 인사구나 싶어서."

"네?! 전에도 했어요?"

"언제나 했어."

아무래도 개의 냄새를 맡고 있으면 마음이 차분해진다고 한다. 나도 기르고 있는 사람으로서, 조금은 이해가 될 것 같긴 하다.

"왠지 모르게 향기로운 게 좋긴 해."

"그래요. 아, 하지만 막 샴푸를 한 냄새도 좋아해요."

"알아 알아."

"이 냄새…… 무척, 그리운 기분이 들어요."

미츠루는 뺨을 비비며 푹 빠져서는 속삭였다.

지금도 '기억났어요!'라는 한마디는 듣지 못했지만, 평소의 산책 코스, 단골 히마루 식당, 나와 갔던 장소의 정말 소소한 부분에 기시감을 느끼는 경우가 있는 모양이었다.

하케 선생님은 그런 현상이 무척 좋은 일이고, 기억이 근본부터 흔들리고 있다는 증거이며, 이런 감각을 느끼다가 문득 기억을 떠올릴 가능성도 커진다고 말씀하셨다.

그날이 와주기를 기원하며 나는 라이스와 장난치는 그녀를 지켜보았다.

낮이 지나고, 그녀는 예전에 만들어주지 못한 게 아쉽다고 공들여 만든 카레라이스와 매실초가 향기로운 산뜻한 당면 샐러드를 테이블에 차려놓은 뒤, 우리는 마주한 채로 동시에 손바닥을 모았다.

겉모습은 가냘파 보이는 그녀지만, 만드는 요리는 다들 과감함과 깔끔함이 있고, 접시에 수북하게 쌓여있는 게 또 호쾌한 형태다. 루 위에 떠오른 돼지고기도 감자도 당근도 큼직하고, 다들 먹는 맛이 있을 것 같아서, 위장의 연비가 나쁜 나로서는 식욕이 자극되지 않을 수 없었다.

식사 전에 손을 모으고 매번 생각하는 것이지만, 미츠루가 요리를 잘해서 정말 다행이다.

"어떤…… 가요?"

"으? 으응…… 감동적이야."

"감동……?"

"이 맛, 또 먹을 수 있어서 다행이야. 맛있어. 역시 네 요리는 최고야."

"과장이에요."

"과장하는 게 아니야. 진짜 그렇게 생각하고 있어."

원래 식사시간은 즐거움의 하나지만, 그녀가 직접 만든 요리를 만끽할 수 있다는 것은 나에게 그 이상의 큰 행복이다. 생각을 그대로 전달하자, 자신 없는 듯한 표정이던 그녀는 기쁜 듯이 입을 꾹 다물었다.

그런가? 교제해본 게 내가 처음이니, 그녀의 시점에서는 오늘 처음으로 이성에게 요리를 대접했다는 기분이겠구나. 왠지 나까지 신선한 기분이 된다.

"전에도 생각했는데요. 정말 맛있게 먹어주시네요."

"그래?"

"먹을 때, 무척 행복해 보여요."

"아, 그런가?"

"응, 좋은 미소에요."

전에도 이런 말을 들은 기분이 들었다.

"웃는 얼굴로 많이 먹어주는 사람은 정말 좋네요. 카메 씨처럼 맛있게 먹어준다면, 분명히 요리할 때마다 행복한 기분이 될 수 있을 거예요."

"그런 식으로 말해준다면 나도 행복해."

그렇게 대화를 나누는 사이에, 잔뜩 쌓여 있던 카레는 순식간에 접시 위에서 사라졌다.

한 그릇 더? 당연하지.

"집에서 이거 만들면 아버지는 자주 투덜거리시거든요."

"왜? 이렇게 맛있는데."

"더 재료를 제대로 썰고, 곤약을 넣지 마, 시집갔을 때 이상한 시선으로 볼 거야."

"그래? 나는 곤약 좋아하는데."

처음에는 특이해서 놀랐지만, 한번 먹어보니 식감에 중독되었다. 이제 완전히 곤약 카레의 신자입니다.

"재료도 이 정도가 딱 좋아. 큼직하면 씹는 맛이 있으니."

"그, 그렇죠! 저도 그래요. 다행이야, 카메 씨가 그렇게 말해줘서. 우리 아버지는, 나를 그다지 인정하시지 않아서……, 뭐만 하면 시집갔을 때 이러니저러니. 아버지가 시집가는 것도 아닌데. ······뭐, 언니가 워낙 우등생 타입이라서, 제 형편없는 면이 더 도드라지는 거예요. 죄송해요, 전에도 말했겠죠, 이런 이야기."

"아니야, 전에 이야기했다고 신경 쓰지 마. 그리고 미츠루는 형편없지 않아. 언니는 우등생 타입일지도 모르겠지만, 미츠루도 절대 뒤떨어지지 않아. 무슨 일이든지 열심히 하니까 말이야."

요리도 청소도 일도, 동물을 대할 때도 마찬가지다. 나는 계속 봐왔으니까, 그 점은 지금의 미츠루도 자신감을 가졌으면 좋겠다.

노력가인 데다가 완벽주의적인 면도 있고, 주위의 말을 지나치게 곧이곧대로 들어서 금방 자기 자신이 형편없다고 과소평가하는 경향이 있지만, 절대 그렇지 않다.

"미츠루는 뭐든지 할 수 있는 사람이니까, 그걸 아직 스스로 깨닫지 못하고 있을 뿐이야. 그러니까 좀 더 어깨에 힘을 빼고, 느긋하게 대응하면 되는 거야."

그러자 숟가락을 놓고 그녀는 나를 올곧게 봤다.

"그런 말을 들은 건, 처음이에요. 조금······ 아뇨, 많이 기쁘네요."

표정이 부드러워졌다.

"집에 있으면, 그런 말을 좀처럼 듣지 못해요. 너는 정말, 이래서 문제야. 항상 그런 이야기만 들으니까."

"나도 본가에서는 그랬어, 막내니까…… 아, 이혼했으니 아버지는 없지만, 자주 할아버지나 엄마나 누나가 '정신 똑바로 차려, 남자니까!'라면서 야단쳤었어."

다들 걱정이 많은 것일지도 모르지만, 지나치게 잔소리를 듣다 보면 나에게 뭔가 문제가 있나 싶어서 우울해진다. 막내는 그런 점이 좀 힘들지.

"그러니까 기분은 이해해. 하지만 아버님도 미츠루를 걱정하고 있는 게 아닐까? 너를 소중하게 여기니까 잔소리를 하는 걸 거야."

"그럴까요?"

"그래. 정말로 어찌되든 상관없는 사람이었다면, 네가 사고를 당했을 때 병원으로 그렇게 급히 달려오시지 않았겠지."

그 말에 침묵하던 미츠루는 못마땅하긴 해도 이해가 되긴 한 모양이다. 이런 것은 부모가 되지 않으면 이해할 수 없는 거겠지, 분명히.

아…… 하지만 그 점장은 의심할 여지 없이 그냥 괴롭히는 거니까, 지면 안 돼. 내가 주먹을 쥐며 말하자, 미츠루도 흉내 내며 눈썹을 치켜떴다.

먹은 식기를 내가 치우고 있는 사이에, 미츠루는 베란다
의 절반을 채우고 있는 다육식물 컬렉션에 "용케 이렇게
나 많이 모았구나, 나……."라고 조금 이상해 보일 수 있
는 대사를 날린 뒤에, 라이스와 고무 장난감으로 놀기 시
작했다.

오랜만에 그녀가 놀아주자 라이스도 무척 기분이 좋아
졌다. 튕긴 장난감을 물고는, 충실하게 손으로 돌려놓았
다.

사람과 마찬가지라, 개도 동성보다 이성을 대할 때 의
욕을 내는 걸까? 새끼강아지 때는 내 뒤에 바짝 붙어서 떨
어지지 않았었는데, 미츠루와 만나고 나서는 이제 기르는
주인을 내팽개칠 정도로 그녀에게 찰싹 붙어 있다.

"너하고 닮았어."라고 언제인가 우사가 어이없다는 표
정으로 속삭였던 게 문득 떠오르고, 뭐, 그리 많이 다른
것도 아닌 기분이 들었다.

"라이스는 원반 놀이할 수 있나요?"

완전히 속을 터놓은 미츠루가 거실에서 질문을 던졌다.

"무척 민첩하게 움직이길래, 할 수 있나 싶어서요."

"할 수 있어."

언제인가, 미츠루는 전문학교 시절에 갈고닦은 기술을 마음껏 보여준 적이 있었다.

그것은, 던져진 원반을 공중에서 낚아채는 개도 대단하지만, 일부러 지면에 부딪히게 해서 궤도를 바꾸는 등의 기술적인 투척을 실행하는 인간 쪽도 대단하다고 생각했다. 저 둘이 격렬하게 노는 모습을 뒤에서 나는 항상 멍하니 바라보았던가.

"나중에 하천부지에 있는 공원에 가서 던져볼까."라고 말하자 미츠루는 기쁜 듯이 대답했다.

"외견은 보더콜리 같은데 얼굴은 시바견 같네요, 어디서 분양해준 건가요?"

"아니, 주웠어. 응, 그 아이의 엄마 개를 옛날에 말이지. 그 뒤로 키웠는데, 어쩌다 탈출한 근처의 개와 어느 사이에 아이가 생긴 것 같아."

"어머나 그건."

"새끼강아지를 두 마리 낳았으니까, 그중에 한 마리를 내가 데리고 왔는데, 그게 라이스."

"와… 과연…… 후훗, 귀여워. 네 발 모두 양말을 신고 있고, 옛날에 잠시 내가 돌보던 아이랑 닮았네요."

식기를 건조대에 놓자, 미츠루는 혼잣말을 하듯이 말했
다.

"그건 처음 들었네. 미츠루, 개도 키웠었어?"

미츠루의 집은 단독 주택인데, 아버지가 개 알레르기가
있어서 키우지 못한다고 전에 이야기했었다.

"키웠었다고 말하기에는 어폐가 있지만요. 잠시 맡았다
고 하기도, 좀 아니려나요."

"좀 복잡한 모양이네."

"그런 느낌이에요."

놀이에 만족한 라이스가 에어컨 아래에 눕고, 얼마 안
있어 낮잠을 자기 시작하자 미츠루는 사랑스러운 듯이 그
모습을 바라보고, 복슬복슬한 뺨에 키스했다.

왠지 어린아이를 재우는 느낌이 든다며 웃고, 젖은 손을
닦은 뒤에, 미츠루가 앉은 소파에 나도 앉았다.

"설거지, 감사합니다."

"이쪽이야말로, 잘 먹었어."

차분해진 미츠루는 새삼 방을 한 바퀴 돌아보았다.

"좋은 집이네요, 넓고, 깨끗하고, 하천부지도 보여요.
…동거라……."

"아아, 아니야, 그 일에 관해서는 깊이 생각하지 않아도

되니까."

"아, 아뇨. 그게 아니라. 저기 그게."

변명하듯이 몸을 움츠리더니, 미츠루는 불안한 표정으로 이야기를 꺼냈다.

"이전에 나는 어땠을까 해서요."

방향이 확 바뀐 이야기 주제에 나는 깜짝 놀랐다.

"이런 식으로 둘만 있을 때, 카메 씨에게 찰싹 달라붙어 어리광을 부렸었나요?"

"아니, 비교적 평범했었어. 기분이 우울할 때와 취했을 때 이외에는 말이야."

얼마 전의 동영상을 떠올렸을지도 모르겠다. 입 주변이 경직되었다.

"그랬었나요."

"너는 항상 착실했어. 진지하고, 용기를 낼 수도 있었고, 지금도 그렇지만."

나를 격려하면서 자신이 움직일 수 있을 때는 적극적으로 움직였다. 발휘하는 배려는 항상 절묘한 타이밍이라서, 그 점은 아버지가 엄격하게 키운 덕택이라고 생각했다.

"하지만 뿌리에는 조금 외로움을 잘 타는 면이 있잖아?

가끔 한껏 어리광을 부릴 때도 있었으니까, 조금 파악하기 힘든 면도 있다고 할까."

"그럼, 그다지 귀염성이 있는 여자친구는 아니었네요……."

"아니아니아니, 그런 갭이 좋은 거야."

미츠루가 "네?"라며 내 쪽을 봤다.

미안, 지금 그건 조금 변태 같았어.

"존댓말은?"

"존댓말은 계속 썼었어, 연상의 사람한테는 존댓말을 꼭 쓰는 주의라고 하더라."

"요리는 잘했나요?"

"물론, 내 위장을 꽉 사로잡았지."

"고, 고백한 건."

"내 쪽."

"싸움 빈도는."

"싸움다운 싸움은 한 적이 없어. 너도나도, 불만이 있으면 폭발하기 전에 대화를 나눴지."

"한 번도?"

"한 번도."

항상 거리감이 있는 일상 잡담이 대부분이었는데, 오늘

은 열심히 지금까지 있었던 일들을 물어왔다.

아마 집이니까 묻기 쉬운 걸지도 모르겠다.

"저기."

"응?"

"역시, 그게…… 했겠죠. 연인다운 일."

"아…….."

나는 얼빠진 목소리를 내고, "……뭐."라고 작게 덧붙였다.

그러자 미츠루는 노골적으로 동공이 흔들렸다.

"어, 언제…… 뽀뽀…… 아니, 키, 키스했었나요?"

어. 그것도 물어?

"앞으로…… 참고를 위해."

나는 천장을 올려보면서 떠올리고는 살짝 웃었다.

"시간이 걸렸었지, 꽤."

"네?"

"네가 항상 부끄러워했으니까."

"어, 어느 정도?"

내가 귓속말을 하자 "그렇게나?!"라며 그녀는 눈을 부릅뜨고 깜짝 놀랐다.

"그건 참으로 민폐를……."

"아니, 그런 점도 귀여웠으니까. 그러니까, 기세가 붙는 대로 하면 안 되고, 더 소중히 여겨야 한다고 생각했어."

"그런가요……."

미츠루는 부끄러움을 해소하기 위해서 쿠션을 꼭 껴안고 몸을 작게 움츠렸다. 질문은 이걸로 속이 풀린 모양이었다.

"저는, 항상 소중히 여겨졌던 거네요."

"실제로 그럴 수 있었는지 어떤지는 모르겠지만, 소중히 여기려고 노력은 했다고 생각해."

"아뇨, 소중히 여겨졌어요. 왠지 모르게 그랬다는 감각이 있으니까요. 카메 씨와 이야기를 하고 있으면 왠지 안도가 되거든요. 감각만이 아니라, 더 확실히 떠올릴 수 있으면 좋을 텐데."

"괜찮아, 미츠루. 서두르지 마, 서두르지 마."

노래하듯이 말하면서 그녀의 손을 잡고, 내 무릎 위에 올렸다. 그러자 약하긴 해도 마주 잡아 주었다.

우리는 그대로 대화를 하지 않게 되었지만, 침묵은 그렇게 거북하지 않다. 아니 그렇다기보다는 침묵하는 편이 지금은 좋은 것 같은 기분이 들었다.

방이 너무 차가워져서 에어컨이 설정 온도를 유지하기

위해 가동을 멈췄고, 다시 더 조용해졌다.

마주 잡은 손을 조금 강하게 쥐어보았다.

"왠지."

"왠지 모르지만."

하고 싶은 말은 같다고 생각했다.

쑥스러움을 참을 수 없어서 미소 지었지만, 미츠루는 같이 웃지 않았다.

"할까요?"

"뭐?"

"키, ……키스."

가슴이 두근거리고, 미츠루는 나에게 몸을 기댔다.

발밑에 있는 라이스는 꿈속에서도 달리고 있는지, 잠에 취한 채로 다리를 까딱거렸다.

다시 한번, 미츠루의 얼굴을 보았다.

"괜찮아요."

"아니……."

기다려, 라고 말하기 전에 미츠루는 눈을 감았다.

미간에 살짝 맺힌 땀, 부끄러움을 다 감추지 못해 홍조를 띤 뺨, 젖은 듯이 요염한 입술. 그것들을 앞에 두고 나는, 자칫 성실함의 끈을 놓을 뻔했다.

그리고 그녀의 잘게 떨리는 어깨를 잡아당기고는———
이마에 살짝 키스했다.

다시 눈을 뜬 미츠루는 불만스럽게 살짝 입술을 삐죽였
지만, 왠지 안심하는 느낌이 있는 것을 나는 꿰뚫어 봤다.

"미츠루, 첫 키스는 소중히 아껴둘까?"

나는 이마에 맺힌 땀을 은근슬쩍 닦았다. 아아, 위험했
어.

"실제로 첫 키스가 아니잖아요."

"지금 너에게는 그렇잖아."

미츠루는 그때, 풀썩 소파에 쓰러지더니, 성대한 한숨
을 내쉬었다.

"죄송해요…… 알았겠죠."

"괜찮아, 배려해 준 거겠지."

하지만 지금은 그 마음만으로 좋다.

"이런 것은 조금 시간을 들여서 하자."

"괜찮으세요?"

"미츠루의 기분을 존중하고 싶으니까."

떠올린 일을 실행하지 못해서 분해 보이는 그녀의 머리
를 상냥하게 쓰다듬었다. 오늘도 사실은 용기를 내서 여
기에 와줬다는 것 정도는, 나도 잘 파악하고 있다.

"서두르지 마, 서두르지 마."

정신을 차리고 보니 커튼 사이에서 새어 나오는 빛이 따뜻한 색으로 변해 있었고, 저녁매미의 쓸쓸한 목소리가 들려왔다.

그 안타까운 울림이, 여름의 끝이 다가오고 있다는 사실을 알려주는 듯했다.


하천부지의 콘크리트 보도 위에 길쭉한 세 개의 그림자가 흔들렸다.

"또 집에 가도 될까요?"

"물론, 그 집은 네 집이기도 하니까. 언제든지 와. 기다릴 테니까."

미츠루는 라이스의 목줄을 잡고 상큼상큼 걸었다.

라이스는 그 옆에 바짝 붙어서, 가끔씩 그녀의 얼굴을 보며 촐랑촐랑 걸었다.

그리고 나는 언제라도 따라잡을 수 있다는 여유가 있어서 그 뒤를 터벅터벅 걸었다.

상큼상큼, 촐랑촐랑, 터벅터벅.

우리의 산책은 항상 이렇다. 그리고 그건 지금도 변하지 않았다.

기억이 사라졌어도, 변함없이 남아있는 것이 있구나. 그 광경에 나는 조금 구원을 받았다.

　"카메 씨, 어째서 웃으시는 거죠?"

　수평선으로 사라지려 하는 태양빛보다도 눈부신 그녀의 미소가 나를 향하고, 복부에서 명치까지 간지러운 느낌이 밀려 올라왔다.

　좋아한다는 기분이다.

　변하지 않는 것. 이 감정도 그렇다.

　나는, 계속 기다릴 것이다.

　설령 지금의 네가 그렇게 생각하지 않는다 해도 상관없어.

　미츠루, 나는…….


　너를 사랑하고 있어.


　목소리를 내지 않은 채, 앞서 걷는 그녀에게 말했다.

"그게, 저기…… 깜빡하고 말씀 못 드렸는데요. 우리 부모님이, 다음에 카메 씨를 데리고 오라고 하셨어요."

"어?"

"얼마 전의 일, 사과하고 싶고, 새삼 인사도 하고 싶다고요."

"그건 또 방심할 수 없는 이벤트네."

쓴웃음을 지었다. 그녀도 내키지 않는다는 듯이 한숨을 쉬고 깍지를 낀 손 위에 턱을 올렸다.

산책 코스 중간에 있는 '커피 Times'라는 가게는 우리가 잘 이용하던 개인 경영 카페다. 역 앞에서 보는 체인점처럼 좌석이 많지는 않지만, 그 대신 조용하고, 히마루 식당과 비슷한 숨겨진 장소라는 분위기를 풍기는 게 좋았다. 하천부지 근처에 있는 가게이며, 개와 산책 중인 손님도 노리고 있는지, 1층과 2층 테라스에는 애완동물과 음식을 먹을 수 있는 자리도 설치되어 있었다.

이곳에서 우리가 항상 주문하는 것은, 크림소다.

카페니까 이곳에서는 커피를 주문해야지, 라고 말할지도 모르지만, 사실 이게 진짜 주문하지 않을 수 없을 정도의 절품이었다. 글라스 안에 찰랑찰랑 따라진 멜론소다는 흔히 볼 수 있는 투명한 녹색의 탄산수가 아니라, 질척하고 흐린 황록색을 띠고 있었다. 이것은 농익은 멜론을 잘라 직접 믹서에 넣고 갈아서 만든 멜론 주스를 탄산수로 희석한 것. 그리고 그 위에는 떡하니 바닐라 빈이 들어간 아이스크림이 올려져있었다. 윤기 있게 빛나는 체리도 곁들여진 이 한 잔은, 산뜻하고 달콤한 수제 멜론소다와 부드럽고 달콤한 아이스크림이 상호효과를 발휘해서, 한번 주문하면 반드시 중독된다.

"우와 이거 뭐야 맛있어……!"

빨대로 한 모금 마시고는 미츠루의 표정이 행복의 감정으로 채색되었다.

"처음에 네가 주문했었어. 그랬는데 나도 푹 빠져 버렸지."

"그랬었나요. 분명히, 이건 또 마시고 싶어지네요."

이날, 나와 미츠루는 '추억 회수 투어'라고 이름을 붙이고는 근방의 다양한 장소를 걸어 다녔다.

전철로 멀리 놀러가는 것보다, 두 사람이 자주 갔던 장소에 가서, 그곳에서 무슨 일을 했는지, 뭘 봤는지 알고 싶다고 미츠루가 말했기 때문이다. 오늘 하루, 나는 그녀를 안내하는 가이드 역할을 맡았다.

"다음은 어디로 갈까?"

"으음, ……앗, 그럼, 거기. 고양이가 잔뜩 있는 신사."

"좋아, 가보자."

크림소다를 다 마신 우리는 그 시작으로 향수가 어린 상점가로 향했다.

그 중간쯤에 있는 90세의 할머니와 그 손자가 꾸리고 있는, 요즘 보기 드문 낱개로 파는 불꽃놀이 가게와 오래된 막과자 가게, 야구 시합으로 환성이 터지고 있는 중학교 앞을 하나하나 차분히 살피면서 돌고, 중학교를 뒤로하며 바로 앞에 있는 분수 광장과 현에서 운영하는 운동 시설이 있는 공원으로 들어왔다. 마침 그 입구에서 이동 판매를 하는 맛있는 튀김빵 가게를 발견해, 쉬는 김에 코코아와 딸기 맛을 하나씩 주문해서, 공원 안에 있는 벤치에 나란히 앉아 먹었다.

출출함을 채우고 나자, 이번에는 하천부지 산책 중에 자주 뵙게 되는, 닥스훈트를 여러 마리 키우고 계신 이노구치 할머니와 딱 마주치고, 긴 수다에 어울리기를 30분. 그 뒤에도 한참을 이곳저곳 들르면서 신사를 목표로 이동했다.

"이야…… 꽤 많이 돌았네."

비탈이 많은 주택가를 지나, 신사 앞에 도착한 우리는 빨간 두 개의 기둥을 지나, 손을 씻는 곳에서 손을 깨끗이 씻고, 쌍을 이루고 있는 이끼투성이의 등롱과 석상을 지나고는, 배례전에서 참배했다.

"저기, 일단은 참배부터."

"가볍게 고개를 숙인 뒤에 새전을 넣고, 종을 울리는 거야. 그 뒤에, 두 번 숙이고, 두 번 박수, 한 번 숙이고, 마지막으로 또 가볍게 고개를 숙이면 될 거야."

"대단해요, 잘 기억하고 계시네요."

"여기도 네가 좋아하는 장소였으니까."

일단, 5엔 동전을 쥐었다. 우리는 새전함 앞에서 하나 둘, 하며 타이밍을 맞추고는 신에게 기도했다.

"부탁합니다, 부디……."

내 옆에서 오랫동안 눈을 감고 기원하던 미츠루가 나지막하게 속삭였다.

"역시, 기억에 관한 것?"

"예, 뭐……. 카메 씨도?"

"으음… 비슷한 느낌이지만, 조금 다를지도."

"뭘 부탁했는데요?"

"말하지 않을 거야. 말하면 부탁의 효과가 약해져."

내가 히죽 웃자 미츠루는 과장되게 허둥대더니, 다시 지갑에서 5엔 동전을 꺼내, 조금 전과 마찬가지로 참배를 처음부터 다시 시작했다. 그런 너무 솔직한 면도 좋아한다.

참배를 끝내고 신사의 뒤쪽으로 돌아들어가자, 미츠루의 목적이었던 길고양이들이 본전의 그늘에서 쉬고 있었다.

황토색 호랑이무늬에, 갈라진 투구무늬, 얼룩무늬, 줄무늬, 털색이 다양한 십 수 마리의 고양이들은 이곳이 자기 집이라는 듯이 누워서, 우리가 나타나도 신경도 쓰지 않았다.

"귀…… 귀여워. 이곳은 천국인가요?"

우리가 웅크리고 앉자, 특히 사람에게 친숙한 몇 마리가 어슬렁어슬렁 움직이더니, 마치 노린 것처럼 귀여운 동작으로 벌러덩 발 옆에서 뒤로 누웠다.

길고양이인데 털에 윤기도 있고, 체형도 토실토실한 녀

석들의 아래턱과 복부를 순서대로 쓰다듬는 미츠루는 무척 행복해 보였다. 바로 내 소원이 이뤄진 것만 같다.

"발바닥이 말랑말랑해서, 힐링이 되는구나…….."

"개도 좋지만, 고양이도 좋네."

오늘은 집을 지키고 있지만, 이런 식으로 고양이를 귀여워하는 미츠루를 보면 라이스는 분명히 질투할 것이다.

"조금 전에, 감사했어요."

"조금 전? 아아, 이노구치 씨? 하하, 이야기가 길긴 했지. 하지만 나쁜 사람이 아니야. 가끔, 선물로 뭔가 챙겨주시기도 해."

신사를 찾기 전에 우연히 딱 마주친 수다를 무척 좋아하는 이노구치 씨에게 어쩌다가 잡혀서 억지로 긴 수다에 어울리게 되었던 때다.

'두 사람 모두 항상 같이 있고 사이가 정말 좋네. ……하지만 오늘은 미츠루 씨, 조금 평소랑 분위기가 다른 느낌이 드는데? 기분 탓인가?'

이런 핵심에 가까운 말을 이노구치 씨가 말하자, 말수가 적었던 미츠루가 동요하는 걸 깨닫고, 나는 그녀를 대신에서 대충 얼버무려두었다.

실은 이노구치 씨를 기억하지 못하고 있어요, 라고는 미츠루는 말하고 싶지 않았을 테니.

"괜찮아, 신경 쓰지 않아도."

"아뇨… 제가 잊었다는 걸 모르셨으면 해서요."

황토색의 호랑이 무늬 고양이의 아래턱을 쓰다듬으면서, 미츠루는 복잡한 표정을 지었다.

"잊힌다는 게…… 참 힘든 거잖아요."

그런가, 자신이 그런 상태라고 말하는 것보다, 그녀는 그쪽으로 마음이 간 거구나.

"미츠루는 상냥하네."

"제가 그랬다면 어떨지 생각해 보니. 역시 그건 힘들어요."

"그러네, 이번 일의 입장이 반대였다면, 미츠루는 분명히 펑펑 울었을 테니까, 그렇게 생각하면 잊은 사람이 네쪽이라서 다행이라고 생각해."

"그 말투, 왠지 납득할 수가 없는데요."

복숭앗빛 입술이 뚜렷하게 삐죽였기에 그 사랑스러움에 웃었다.

"너무 부담을 갖지 말라는 의미야."

그러나 미츠루는 흥− 하고 코웃음을 치더니, 미간에 옅은 주름을 새겼다.

"어째서일까…… 어째서, 3년일까. 3일이라든지, 3주일이라면 좋았을 텐데. 굳이 3년, 전부 잊지 않아도……. 나에게 그 시간은, 그 무엇과도 바꿀 수 없는 소중한 것이었을 텐데."

3년만 아니었다면, 우리는 다소 추억을 잃기는 했어도, 지금도 단단히 연결되어 있을 수 있었다. 처음의 나와 마찬가지로, 미츠루도 지금 그렇게 느끼는 모양이었다.

"소중했으니까, 그런 거 아닐까?"

"……네?"

"어째서 3년일까? 그건 나도 모르겠지만. 미츠루가 소중히 여겨준 기억이라고 생각하기로 했어. 3년 몫의 추억이 목숨으로 바뀐 거야. 그렇게 생각하면, 전혀 괴롭지 않아."

"괴롭지 않으신가요……."

"응. 그도 그럴 게, 미츠루가 죽었다면, 이렇게 대화를 하거나, 맛있는 것을 먹거나, 산책하지도 못했을 테니까. 그럴 바에는, 잊는 게 훨씬 나아."

미츠루가 눈을 크게 뜨고 거기서 입을 꾹 다물었다.

"그러니까 말이야……. 그렇게 복잡한 표정 하지 말고, 웃어라냥──."

누워서 갸릉갸릉 하던 검은 고양이의 앞발을 빌려서, 툭하고 그녀의 어깨를 치자, 미츠루는 무너지듯이 표정을 부드러운 미소로 바꾸었다.

그녀가 지난번에 예고한 대로, 나는 다음 휴일에 미츠루의 집으로 초대를 받게 되었다.

설마 이렇게 빨리 불려갈 줄은 생각도 못했고, 솔직히 긴장감이 어마어마했다. 오해가 풀렸다고는 해도, 이쪽에서 먼저 인사드리러 가지 않았던 것은 문제라 생각하기도 했고, 미츠루가 만나게 하는 걸 주저했다고 해도, 나는 무려 3년이나 따님과 교제를 했으면서, 그 부모님에게 얼굴은커녕 존재까지 숨기고 있던 남자였다.

여기서 만나지 않으면 대체 언제 만난다는 거냐. 그렇게 해서 초청을 받은 저녁 무렵에 나는 미츠루의 본가로 찾아가게 되었다.

"어머나, 이렇게 후덥지근한데 양복 차림으로, 이거 정말."

"어, 진짜?! 진짜 무지무지 착실하네! 사복 입어도 상관없었는데!"

벨을 울리고 나온 미츠루의 뒤에서 정숙하고 부드러운

어머님과 미츠루와는 정반대로 보이는 금발의 누님이 현관에서 나를 맞이해 주었다.

라이스를 상대로 연습한 자기소개를 끝내고, 선물을 건네자, 그대로 끌려가듯이 안으로 들어가게 되었다. 우리의 아파트보다 훨씬 넓은 거실로 들어가자, 그 엄격해 보이던 아버님이 4인용 테이블 위에 놓인 휴대용 가스레인지를 만지작거리고 있었다.

반사적으로 순간 굳었다. 병원 이후의 첫 대면, 미츠루의 이야기를 들은 것만으로도 만나는데 무엇보다 큰 용기가 필요하다고 생각했다. 하지만 내가 정신을 차리자 아버님은 손을 멈추고 깊이 머리를 숙이더니, 테이블 의자를 당겨 앉도록 권해주었다.

"병원에서는 가족이 다 같이 자네에게 상당히 큰 무례를 범하고, 정말 미안한 일을 했네. 미츠루의 아버지일세. 저쪽은 아내와 장녀인 타카미. 딸에게 전부 이야기는 들었어. 그렇게 호화로운 것은 대접할 수 없겠지만, 신경 쓰지 말고 느긋하게 지내다 가게."

아버님에 이어서 어머님, 언니분이 인사를 하고, 보리차 컵을 사람 숫자만큼 가지고 온 미츠루가 나를 의자에 앉히고는 일회용 가스레인지 위의 돌 냄비에 소 지방을 문질렀다.

호화로운 것은 대접할 수 없다니……. 나는 눈앞에 쌓인 고급 마츠사카 소고기와 히다 소고기 팩을 보고 다시 굳어졌다.

그걸 발견한 미츠루가 재미있다는 듯이 윙크를 보냈다.

달콤한 양념의 냄새가 밝은 거실에 충만하고, 고기가 7에 채소가 3인 볼륨감 넘치는 스키야키가 만들어지자, 작은 건배와 함께 식사는 시작되었다.

시작한 직후에는 병원에서의 사건도 있어서, 지금부터 이야기를 어떻게 시작할지 모두 다 고민하는 모양인지, 끓고 있는 냄비를 둘러싸고 한동안 이상한 분위기가 조성되고 있었지만.

가장 먼저 정적을 깬 것은 역시 미츠루의 언니로 "뭐야 이 장례식 같은 분위기는! 관둬 관둬! 사과하려면 팍팍 해버리자고 정말! 자 일단, 나부터! 카메이도 씨, 미츠루의 남자친구였는데 스토커 취급을 해서 미안! 자 다음, 아빠랑 엄마!"라는 예상하지 못한 적극적인 토스가 작렬했고, 식탁의 긴장감은 무사히 해소되었다.

과연, 이 시원시원한 누님이라면, 아무 잔소리도 필요가 없을지도 모르겠다. 그런 만큼 미츠루에게 여러모로 잔소리하고 싶은 부모의 기분도 왠지 모르게 알 것 같았다.

나도 부모님들도 그 뒤로 병원에서의 응어리를 풀고, 역시 그렇다고 할지, 자연스러운 흐름으로 미츠루의 가족은 우리가 연애를 시작한 계기를 듣고 싶어 했다.

"그래서. 미츠루의 어떤 면이 좋았어요?"

고급 소고기가 산더미처럼 쌓인 그릇을 건네는 어머님.

실곤약을 후루룩 먹던 언니, 맥주를 마시던 아버님도 갑자기 젓가락을 놓고 나에게 시선이 집중되었다.

"미소에, 끌렸습니다."

안 되겠어. 너무 흔해. 색다른 게 전혀 없다.

사실은 더, 다 셀 수 없을 정도로 있었다. 있었지만, 여기서 말하기에는 너무 많고, 그중에는 좀 마니악한 것들도 있으니까 솔직하게 말하면 좀 점수가 깎일지도 모른다.

그러니까 가장 무난한 대답을 하고 말았다.

"우와~ 순수한 이유네~ 미츠루 정말 잘됐잖아!"

언니가 미츠루의 등을 찰싹찰싹 때렸다. 그녀도 그리 나쁘지 않아 보였다.

"결혼 생각은 있었어요?"

"아…… 그건."

미츠루의 부담을 더하고 싶지 않으니까, 조금 대답하기 힘들다.

"3년이나 사귀었으면 있었겠지, 그 정돈."

"지금은 혼자 살고 있다면서, 어디 살아요?"

"쇼핑센터 근처에 있는 아파트입니다."

"아아, 그 부근이면 분명히 원룸은 아니었겠네. 그럼 동거를 생각했다는 느낌?"

언니는 이쪽의 계획을 차례차례 맞춰갔다. 결혼, 동거라는 단어가 오가는 순간, 아버님의 날카로운 시선이 이쪽으로 날아왔다.

"카메이도. 할 때는 한번 만나러 오도록 하게."

"뭐야~ 아빠, 잠깐, 뭘 그리 발끈하는데."

"이제 미츠루도 어린아이가 아니라고요, 여보."

"몇 살이 되건 손이 많이 가는 건 마찬가지야."

아버님이 무뚝뚝하게 대답하자, 미츠루는 내 옆에서 "진짜."라면서 얼굴을 찌푸렸다.

"말투에 가시가 있으니까 미츠루도 다가가지 못하는 거라고, 아빠는 정말."

"필요한 이야기를 했을 뿐이야, 나는."

"카메이도 씨, 오해하지 말아요. 이래 보여도, 미츠루가 병원에 실려 갔을 때는 정말 대단했답니다. 양복을 입고 달리다가 도중에 세 번이나 넘어져서. 숨기려 해도 바지에 구멍이 뚫려서는⋯⋯."

어머님이 입가에 손을 대고, 재미있다는 듯이 웃으면서 말했다.

냄비 안의 채소를 건지고 있던 미츠루는 그 이야기를 처음 듣는지 얼굴을 들었다.

"카메이도에게 대체 무슨 말을 하는 거야."

"이것 봐요. 그런 가끔 나오는 덜렁이는 면은 진짜 미츠루랑 똑같아."

"피는 속일 수 없는 거야, 미츠루의 완고함은 완전히 아빠한테 물려받았다니까."

"그러니까 카메이도 씨도 힘들겠어요."

"괜찮겠지 뭐, 3년이나 사귀었다는데."

"당신도 잘되었잖아요. 금방 사위가 생기는 거잖아."

"저래 보여도 내심, 벌써 손자를 생각하고 있을지도 몰라."

언니와 어머님이 놀리자, 이 이상은 아무 말도 하지 않겠다는 듯이 신문을 펼치는 아버지. 신문 뒤에 숨은 옆얼굴이 이 자리에서 더 못 버티겠다는 듯이 굳어지고, 귀 끝까지 붉게 물든 것을 보고, 역시 이 사람은 미츠루의 아버지구나 하고 이해가 갔다.

"미츠루, 좋은 사람을 만난 것 같아서 다행이야. 아버지와 마찬가지로, 빗속을 양복 차림으로 달려서, 흠뻑 젖으면서까지 와준 사람이니까, 소중히 여기도록 하렴."

그렇게 타이르자 미츠루는 다시 부끄러운 듯이 살짝 고개를 끄덕였다.


"어땠어요?"

배웅한다고 말하고 따라온 미츠루의 얼굴은 나 이상으로 피곤해 보였다.

"개성적인 가족이구나, 그렇게 재밌는 저녁 식사는 오랜만이었어."

"그런가요? 우리 언니는 언제나 마이웨이고, 엄마는 느긋하고, 아버지는 무뚝뚝하고 허세나 부리고, 혈액형도 제각각이고, 정말 공통점이라고는 눈을 씻고 봐도 없으니까, 만나게 하는 게 무서웠어요……. 아마, 3년 동안 만나게 하지 않았던 것도 그게 이유라고 생각해요."

"그래서 네가 성실한 거구나, 새삼 알았어."

"웃지 말아 주세요."

"나는 즐거웠어, 미츠루의 가족과 만나길 잘했어."

"그렇게 말하니, 안심이 되네요."

휴, 하고 그녀는 한숨을 쉬었다.

"저도, 소개해줄 수 있어서 좋았어요. 부모님이 항상 무슨 생각으로 저에게 잔소리하는지, 처음으로 제대로 알게 된 기분이 들었거든요. 역시 당신이 한 말이 맞았네요."

"미츠루의 가정교육이 잘 되어 있는 걸 보고, 가족에게 소중히 여겨졌다는 것만큼은 확실하다는 걸 알았으니까."

"이럴 줄 알았으면, 더 빨리 소개하면 좋았을 거 같네요."

미츠루는 나의 빈손에 깍지를 꼈다.

"그리고."

"……?"

"저를 좋아하는 이유는, 정말 미소뿐인가요?"

나는 얼굴이 풀어지고 천천히 고개를 가로저었다.

"아니. 그 한마디로 표현할 수 없을 정도로, 훨씬, 훨씬 더 잔뜩 있어."

"그러겠죠."

"알겠어?"

"알겠어요. 당신을 보고 있으면, 정말 나를 좋아하는구나, 사랑받고 있구나, 많이 소중히 여겨졌구나, 매일 전해지는걸요."

"그렇게 느끼고 있다면 다행이야."

"그럼, 지금, 전부 알려주세요."

"지금?!"

찬란한 가로등 바로 아래에서, 미츠루는 듣고 싶다고 재촉했다.

"전부 들으면 식겁할걸?"

"그렇게 식겁할 정도로 마니악한 부분도 있는 건가요?"

"있어."

"그럼 상위부터 부디."

기대의 눈빛과 스포트라이트 같은 빛의 조명을 받으며, 나는 살짝 작은 목소리로 밝혔다.

"이름이 귀여워."

"어, 정말 1위가 그거인가요?"

아니, 전혀.

하지만 나에게 전부가 동등해서, 간단히 순위를 정할 수 있는 것이 아니었다.

"견실해 보이지만, 2% 부족한 면이 있고, 가끔 손이 가는 면이 좋아. 하지만 노력하는 자세를 항상 무너트리지 않는 면에 존경할 수 있고, 좋아해. 뭐든지 이야기해주는 것도 그래, 솔직한 면이 좋아. 라이스와 놀고 있을 때, 어린아이 같아서 무척 귀여워. 원반던지기 할 때의 진지한 표정도 다른 때와 달라서 감동적이고. 계속 사귀고 있어도 존댓말을 쓰는 점, '소중한 사람에게는 계속 공경하는 마음을 가지고 싶다.'라는 이유도 멋져. 나, 이 말을 들었을 때 무척 감동했어. 가끔 하는 농담이 재밌는 점. 껴안았을 때, 품 안에 쏙 들어오는 점, 크기가 딱 맞아서 귀엽다고 생각해. 취했을 때 얼빠진 모습을 보이는 점. 그래도 가사 전반, 돈의 관리가 똑 부러지고, 장래에는 좋은 엄마가 될 수 있을 것 같은 점. 옆에 서서, 언제까지나 좋아하는구나, 라고 느낄 수 있는 점."

"아직 더 있어요?"

"있어, 아직 많아."

"그럼 내일까지 원고지로 제출해주실 수 있겠어요?"

가볍게 그녀가 농담을 끼워 넣었다.

"안 되겠네, 너무 많아서 책 한 권 정도 페이지는 될 거 같아."

"그렇게 많아요?"

"너무 무겁나?"

"아뇨, 기뻐요."

돌아보자 그녀는 눈물을 글썽이고 있었다.

"이렇게, ……이렇게 생각해주고 있다니. 좋아한다는 말을 들은 적이 한 번도 없었으니까. 하나하나 마음이 담겨서, 커다란 꽃다발을 받은 기분이라, 무척 기뻐요."

그렇게 예쁜 비유를 드는 점도 좋다고 말하니까, 미츠루는 울 것 같으면서도 어깨를 떨며 웃어주었다.

"고마워요……. 이런 저를, 이렇게 좋아해 줘서요."

"이쪽이야말로."

사람이 지나가지 않는 것을 좋은 기회로 삼아 우리는 그곳에서 가볍게 포옹했다.

"저는, 행복한 사람이네요."

"나도 행복해. 미츠루와 같이 있을 수 있어서."

눈을 감은 미츠루의 이마에 키스했다.

그러자 그녀는 조용히 울기 시작했다.

"미안…… 해요."

흑, 흑, 어깨를 들썩이며 괴로운 듯이 말이 끊어졌다.

"괜찮아, 미츠루. 울지 마, 괜찮아."

복잡한 마음이 겹쳐졌다고 파악했는데, 그게 아니었다.

그녀가 흘린 눈물. 그 진짜 의미를 나는 아직 몰랐다.


미츠루의 집을 찾아가고 나서 며칠 뒤, 일이 끝나면 같이 식사하기로 그녀와 약속한 나는 그녀가 가게에서 나오기 전까지, 오늘도 푸드코트의 바깥에 설치된 자동판매기 옆 벤치에 앉아서 기다렸다.

그때였다.

"여어, 오랜만."

누가 불러서 얼굴을 들자, 잊지도 못할 참으로 단정한 얼굴이 나를 들여다보고 있었다.

"누에가하라 씨……."

"우와 노골적으로 싫다는 표정이네."

휴식 시간인지 담뱃갑을 손에 쥐고 있는 그는 이쪽의 기분을 알면서도 아무렇지도 않게 그런 소리를 했다.

"뭡니까, 대체?"

의아해하는 나를 보고 웃으면서, 그는 자판기에 동전을 몇 개 넣더니 캔 커피를 두 개 사서, 그중 하나를 나에게 내밀었다.

"얼마 전의 일, 사과."

상당히 싸구려 배상이다.

뭐 애초에 반성의 기색이 없는 그가 내민 것이다. 형태뿐이지 진심이 담겨 있지 않다는 것은 눈에 뻔히 보였다.

내가 받아들지 않자, 누에가하라 씨는 캔을 내 옆에 두고 그 옆에 앉았다.

그 순간, 발끝에서부터 슬금슬금 혐오감이 밀려 올라와서 나를 지배하려고 했다.

"그렇게 화내지 마, 지난 일이잖아."

"그녀의 기억이 없다는 사실을 파고들어서…… 결국에는 그런 짓까지 하려고 했던 상대에게 미소를 짓는 게 더 이상하지 않습니까."

"뭐 그렇겠지. 나는 가로채려고 했었으니까. 남자친구인 너에게는 많이 미안한 짓을 했어."

그 사건 이후로, 얼굴을 마주할 기회가 없었지만, 미츠루는 네코무라 씨가 말한 대로 제대로 그와는 매듭을 지은 모양이었다.

그 일에 관해서는 그녀에게 들었다. 미츠루의 강한 질책을 누에가하라도 정중하게 받아들였다고 하고, 이후로는 전처럼 동료로서 지내고 있는 모양이었는데.

"다시는 그런 짓, 하지 말아 주시죠."

"듣기 좀 그렇네. 곤란해 하는 츠루기 씨를 기운 내게 해주려고 했던 거야. 뒤에서 이것저것 꾸미고 있던 너보다, 훨씬 더 도움이 되었다고 생각하는데 말이지. 뭐, 아무리 그래도 두 번이나 차였으면 충분하긴 해. 이 이상은 손을 내밀 생각이 없으니까. 안심해도 좋아."

"두 번이라니, 설마, 3년 전에도 미츠루에게?"

"뭐 그렇지. 너와 교제를 시작하기 전이었는데, 좋아하는 사람이 있으니 미안하다는 이야기를 들었어."

그는 참 문제라는 듯이 웃었다.

"츠루기 씨는 남자 경험이 없어 보이는 느낌이 들어서 잘 대해주면 금방 넘어올 줄 알았는데 말이지. 이게 아무래도 가드가 단단해서 말이야. 봐 나는, 속은 이래도 얼굴은 좋잖아? 이쪽에서 다가가지 않아도 여자가 먼저 달려들 정도니까. 그런 많고 흔한 여자와는 좀 다른 츠루기 씨에게 흥미가 생긴 거야. 그러니까 고백 해봤어."

산뜻한 미소를 지으면서 어처구니없는 이야기를 하는 그를 보며, 나의 표정근이 한층 더 굳어졌다.

"그건…… 역시, 순수하게 미츠루를 좋아한 게 아니었다는 이야기네요."

"뭐, 부정은 하지 않을게. 음, 수집욕 같은 거라고 해야 하나? 내가 여자랑 사귀는 저의가 말이야. 내가 말하면서도 감각이 좀 이상하다고 생각해. 왜 가끔 있잖아, 그런 쓰레기 같은 사고방식을 지닌 녀석. 나도 그런 사람 중 하나야."

장난치고 있다……. 뭐가 수집욕이야? 이 사람은 좋아한다는 감정이 아니라, 손에 넣고 싶다는 제멋대로의 욕망만으로 그녀에게 접근한 건가?

아무렇지도 않게 말했지만, 연애관이 보통 사람과 지나치게 괴리되어 있다. 그리고 그런 시시한 이유만으로 다름 아닌 그녀에게 접근하고, 상처 입혔다고 생각하니 비교할 바 없는 분노가 가슴 속에서 들끓어, 손이 멋대로 주먹을 쥐었다.

──아니. 저 인간의 페이스에 말려들면 안 돼.

이 사람은 이렇게 나를 도발하려고 일부러 이런 태도를 보이는 것일지도 몰라. 여기서 화를 낸다는 것은 나 자신이 그에게 즐거움을 준다는 것과 같은 의미가 된다.

뱃속 밑바닥에 남아 있는 냉정함을 어떻게든 긁어모아서, 단단히 쥐었던 주먹을 다른 쪽 손가락으로 풀었다.

"그래서, 자신을 받아주지 않은 미츠루에게 복수를 하려고 했다는 겁니까?"

"아니, 복수 정도는 아니야. 딱히 츠루기 씨에게 원한을

221

가진 것도 아니고, 그렇다기보다는 너를 좀 건드리고 싶었던 거지."

뭐……?

"그래 너. 아무리 봐도 내 쪽이 스펙이 높고, 직장도 같으니까 같이 보내는 시간도 길어. 접촉도 빨랐는데, 어째서 츠루기 씨는 내가 아니라 나중에 훌쩍 나타난 너랑 사귀었을까 하는 소박한 의문이 남아서 말이지. 그러니까 방식을 바꾸면, 결과도 바뀌지 않았을까 싶었어."

즉, 검증이었다는 건가?

그의 말대로, 이런 사람도 역시 있구나. 그렇게 생각하기로 했다. 그렇지 않으면 늘어나는 혐오감으로 이상해질 것만 같았다.

"이제 두 번 다시 접근하지 말라고 말씀드리고 싶습니다만, 직장이 같으니 그럴 수도 없는 게 무척 아쉽습니다. 하여간 결단코, 그녀를 상처 입히거나, 괴롭히지 말아 주시죠. 만약 그런 일이 있다면, 절대 용서하지 않을 테니까요."

뿜어져 나오는 분노를 억누르고, 나는 앞으로 더 엮일 일이 없을 그에게 그 말만을 전달했다.

"걱정하지 않아도 괜찮아. 나, 곧 사라질 테니까."

"네……?"

"가을쯤부터 도쿄의 대형 점포에 점장으로 옮기게 되었어."

바라마지 않던 일이지? 라며 누에가하라 씨는 어깨를 으쓱했다.

"뭐, 네 분노는 가라앉지 않을지도 모르지만, 그녀도 이 이상 질질 끌고 싶지 않을 테고, 이걸로 타협해줬으면 해. 되찾을 수 있어서 다행이야, 앞으로도 츠루기 씨와 행복하게 지내."

비꼬는 느낌은 없었다. 오히려 시원스러울 정도로 얄팍한 축복을 입에 담고는 내가 떠나기를 결심하기 전에 그는 일어섰다.

다 마신 빈 캔을 쓰레기통에 던지고 그대로 돌아가는가 싶었는데 누에가하라 씨는 한번 다시 돌아보더니, 천사 같은 미소를 지으며 이 말을 남겼다.

"아아, 작별 선물로 좋은 걸 알려줄게."

나는 감쪽같이 속아서 그 말에 귀를 기울이고 말았다.

"3년 전에 말이야, 츠루기 씨가 말했던 '좋아하는 사람'. 그건 너를 말하는 게 아니었던 모양이야."

몇 초 뒤에 등에 소름이 돋았다. ……무슨 소리지?

"츠루기 씨의 이야기에 의하면, 훨씬 옛날부터 마음에 담은 사람이 있었대. 그 사람을 잊을 수 없다더라고."

"……그것도 거짓말입니까."

아직도 반성하지 못하고. 그렇게 생각했지만.

"사실이야. 거짓말이라고 생각하면 츠루기 씨에게 물어보도록 해."

누에가하라 씨는 자신만만하게 단언했다.

"즉 말이지, 너는 연인이 계속 '좋아했던 사람'의 대신——대용품에 불과하다는 이야기야."

악마 같은 속삭임을 남기고 누에가하라 씨는 내 앞에서 떠났다.

나에게 사과하기 위해서가 아니었다.

처음부터 오직 이 말을 전하기 위해서 그가 접촉해왔다는 사실을 깨달았지만, 이미 늦었다.

말은 기억에 묶이고, 아무리 노력해도 잊을 수는 없었다.

# · 9 ·

바다에 갈 예정이 사라졌으니까, 얼마 남지 않은 8월의 휴가를 사용해서, 기분 전환을 겸해 나는 미츠루와 나들이 갈 계획을 생각하고 있었다.

어디가 좋아? 라고 물었더니 추억의 장소로 데리고 가줬으면 한다고 대답해서, 지바에 있는 대규모 수족관으로 가기로 했다.

추억의 장소라고 하면 다 셀 수 없을 정도로 많이 있지만, 그녀도 나도 원래 동물을 좋아하고, 유원지와 관광지보다 지금의 우리는 이쪽이 더 데이트로 잘 맞는 것 같았다.

오늘만이라고 말하고 본가에서 빌려온 감색의 세단으로 고속도로를 달리기를 약 2시간.

눈에 띄는 정체도 없고, 날씨도 좋았던 게 행운이었다. 펼쳐진 푸른 풍경에 마음이 들뜨고, 경쾌한 음악과 함께 오랜만의 드라이브를 우리는 즐겼다.

도중에 휴게소를 들르고, 고속도로를 빠져나오자, 귀여운 고래와 범고래 캐릭터가 손짓하는 간판이 도로 옆에서 마중해 주더니, 얼마 지나지 않아 해변에 세워진 수족관에 도착할 수 있었다.

입장권을 사고, 입구에서 지도를 손에 넣은 뒤에, 바닥에 붙어 있는 안내 화살표를 의지해서 천천히 앞으로 나갔다.

아마존에 서식하는 생물과 푸른색 조명이 환상적인 해파리의 전시 구역. 상어와 쥐가오리, 혹돔, 곰치와 바다거북, 유유히 헤엄치는 바닷속을 이미지 한 터널. 나도 모르게 식욕이 솟아오르는 커다란 무당게. 바닷속을 날듯이 헤엄치는 펭귄들. 원통형의 관람 스페이스를 떠다니는 바다표범.

미츠루는 그 모든 것에 흥미를 보이며, 차분히 관찰하면서 토막 지식과 생태 정보가 적힌 플레이트도 제대로 훑어보았다.

그리고 이미 알고 있는 사실이지만, 그녀가 가장 오랫동안 멈춰서 매료된 것은 해달의 수조였다.

도착하자마자 금방 빠져들었다. 역시 해달, 반드시 해달.

그렇게 생각하며 나는 안심하고, 도망치지 않는데도 빠른 걸음으로 가는 그녀를 따라갔다.

공공장소라서 그런지 내 방에 있을 때보다 훨씬 들뜬 마음을 억누르는 느낌으로 "귀여워"를 반복하더니, 미츠루는 디지털카메라로 몇 번이고 사진을 찍었다. 수면에 둥실둥실 흔들리는 그들의 모습에 참을 수 없다는 듯이 감탄을 토해내며 웃는 그녀의 얼굴이 나는 가장 귀엽다고 생각했다.

수족관이라면 일반적으로는 돌고래를 가장 좋아하는 법인데 어째서 해달일까? 그러고 보니 물어본 적이 없었다는 걸 떠올리고, 벽에 붙어 있는 생태 플레이트를 보자, 【해양 포유류, 식육목, 개아목, 족제비과, 수달아과, 해달속】이라고 여러모로 길게 적혀 있었다.

응? 개아목? ……아, 왠지 모르게 알겠다.

"해달은 잘 때 서로 손을 잡고 잔다고 해요."

포니테일을 나부끼며 미츠루가 기쁜 듯이 돌아보았다.

"어, 그랬어? 왜?"

"야생의 해달은 수면 중에 떠내려가지 않도록 해초를 몸에 감고 잔다고 해요, 그러니까."

"과연, 수족관에는 해초가 없으니까, 그걸로 연결하는

거구나.”

“그래요.”

“해달 귀엽네.”

“네, 해달 귀여워요.”

힐링 하는구나. 그리고 그 미소에 나도 힐링 된다.

그때 미츠루는 헤벌쭉한 표정의 나에게 디지털카메라를 돌리더니 갑자기 셔터를 눌렀다.

“왜 찍었어?”

“추억이에요.”

“뭐야~ 이상한 얼굴이잖아.”

그래도 좋다고, 미츠루는 각도를 바꿔서 또 나를 찍었다.

“휴대전화로 찍은 것은 전부 사라졌으니, 다시 또 찍어서, 이번에는 제대로 현상할 거예요. 추억은, 데이터가 아니라 형태로 지니고 있어야죠.”

이게 그녀 나름의 내 마음에 대한 대답이라는 걸 최근에 알게 되었다.

사진을 찍으면 바로 현상하고, 일기도 예정도 휴대전화로 기록하는 게 아니라 자필로 적어 남기는 아날로그 방식으로 바뀌었다.

그렇게 공백의 3년을 최선을 다해서 보충하려고 하는 것이리라.

나를 따라잡기 위해서, 빨리 나와 같은 시선이 되기 위해서, 말을 하지 않아도 그녀가 매일 노력하고 있는 것은 알고 있다.

그런 기특한 노력을 보고 있으면, 문득, 조금 가슴이 아파졌다.


"돌고래 쇼, 좋았네요."

"있잖아, 3시부터 바다사자 쇼도 하는 모양이니까 보고 갈까?"

조금 늦은 점심은 관내의 중간 지점에 있는 레스토랑에서 먹게 되었다.

지도에 전망이 좋은 곳이라고 적혀 있어서, 우리는 하얗게 칠한 우드 덱 위에 놓인 가장 바깥쪽의 둥근 테이블을 선택했다.

깊은 푸른색이 바로 아래에서 파도치고, 뿜어져 올라오는 바닷바람이 기분 좋다.

바닷새들이 공중에서 선회하는 모습도 즐길 수 있었다. 분명히, 전망이 좋은 자리다.

나는 토마토와 바지락의 차가운 파스타를, 미츠루는 특제 해산물 카레를 선택했다.

여기서도 망설이지 않고 카레를 먹는 면이, 역시 미츠루는 미츠루라고 생각했다. 좋아하는 것은 철저하게 관철한다, 그게 그녀.

"맛있어?"

"맛있어요. 곤약이 들어가 있으면 완벽했을 텐데요."

일부러 새침한 표정을 짓고 농담을 할 정도로, 이렇게 같이 식사하는데 익숙해진 모양이다.

"처음에는 이렇게 풋풋했는데."

"언제까지나 그래서는 곤란하잖아요."

"나는 좀 재밌었어."

"너무하시네요."

"미츠루는 누구랑 이런 식으로 데이트한 적이 없어?"

"없어요…… 아마 말했을 거 같은데, 누구랑도 없어요. 아, 얼마 전에 누에가하라 씨랑 한 건 노카운트로!"

그리고 "그런 카메 씨는?"이라고 되물었다.

"없어. 네가 첫 사람이야."

"그런가요? 누구하고도?"

"응."

"그럼, 데이트 없이 그냥 좋아하게 된 사람은 어느 정도 있었어요?"

"좀 괜찮다 싶은 상대는 있었지만, 제대로 좋아하게 된 사람은 미츠루뿐이야."

"첫사랑… 인 거네요."

"그런 거지."

식사를 끝내고, 느긋하게 풍경을 바라보고 있자, 미츠루는 가방에서 수첩과 펜을 꺼내고 나에게 물었다.

"이곳에는, 어떤 추억이 있는 건가요?"

"아아."

나는 요청대로 이야기했다.

3년 전, 나와 미츠루가 교제를 시작하기 전.

그 무렵, 나는 첫눈에 반한 미츠루에게 몇 번이고 익숙하지 못한 접근을 하면서 식사에 초대하거나, 라이스를 꺼서 산책을 가거나, 하여간 나를 돌아보게 하려고 필사적이었다.

우사의 중재가 있었다고는 해도, 전혀 면식이 없는 상대에게 갑자기 맹렬한 공세를 받은 미츠루는 지금 생각해 보면 조금 곤란한 듯한 모습도 있었다.

그건 최근의 그녀와 상당히 겹치는 면이 있을 정도인데,

즉 경계하고 있었다고 생각되었다. 그때는 나도 희미하게 느끼고 있었다.

"몇 번을 만나도, 너는 무뚝뚝해서 말이지."

그래서, 이건 좀 힘들겠다고 생각하기 시작했다.

하지만 첫사랑이다. 겨우 생긴 좋아하는 사람이다. 간단히 포기하고 싶지는 않아서, 설령 옥쇄로 끝난다고 해도 마음만은 전하고 끝내자는 생각에 뻔하다고는 생각하면서도 이 수족관에서 마지막 데이트를 하기로 한 것이다.

"그리고 돌아가는 길에, 바닷가의 벤치에서…… 고백했어."

미츠루는 흥미진진하다는 듯이 물었다.

"저는 오케이 했나요?"

"응. 솔직히 놀랐어. 절대 거절당한다고 생각했으니까."

그 대답에 자신도 모르게 경악했을 정도다.

"저는, 그 이유를 이야기했나요."

"그게……."

몇 번이고 물었지만, 확실히 대답해주지 않았다.

"정말 중요한 일인데…… 3년 전의 나는 정말……."

미츠루는 자신에게 투덜대면서, 수첩의 오늘 날짜 칸에

『고백받은 날』이라고 적었다.

"있잖아, 미츠루."

수첩에서 얼굴을 든 그녀에게 말해보았다.

"그거 힘들지 않아?"

"네?"

나는 펼친 수첩을 가리켰다.

"혹시 과거의 자신과 더 가까워져야 한다고 생각하는 건 아니야?"

미츠루의 가방에 가죽 끈으로 매달린 해달 마스코트.

이건 조금 전에 매점에서 미츠루가 원해서, 내가 사준 것이다.

실은 3년 전에도 한 번 구매했고, 미츠루도 이것과 같은 게 집에 있다는 사실을 아는 듯하지만, 일부러 또 사려고 했다.

'여기 다시, 카메 씨와 왔다는 추억으로 사고 싶어요.'라고 말하며.

기뻤지만. 바로 복잡한 기분이 덮어씌워졌다.

"미츠루는 미츠루야. 예전의 너도, 지금의 너도, 전혀 다르지 않아. 그러니까 과거의 자신과 비교해서 지금의 자유를 빼앗지 말아줘."

이 기분을 그녀가 과연 이해해 줄까?

"너는, 과거와 똑같이 행동하지 않아도 되니까. 자연스럽게 행동해도 돼, 언제나 스스로에게 정직하게."

……나는 그랬으면 한다. 이렇게 말하자, 미츠루는 탁하고 수첩을 덮었다.

"괜찮아요. 이건 제가 지금, 하고 싶어서 하는 일이니까요. 혹시 또 잊어버렸을 때가 없을 거라고도 단언할 수 없고요. 그때의 보험으로 남겨두자고 생각하고 있는 거예요."

"무리하는 거 아니야?"

"아니에요."

"그러면 좋아."

"분명히, 그 상냥함에 이끌린 거겠죠. 전."

입가에 손을 대고 어깨를 움츠린 그녀에게 나는 부자연스러움이 배어 나오지 않도록 이야기를 꺼냈다.

"그러고 보니 조금 전의 이야기인데."

"네?"

"연애 이야기를 계속해서 난 듣고 싶네. 미츠루가 지금까지 좋아했던 사람의 이야기. 들은 적이 없으니까."

"그렇게 대단한 이야기가 아니에요."

"오. 그렇다는 건 있어?"

이런 질문 방식은 짓궂다고 생각했지만, 달리 물을 만한 타이밍도 없을 것 같아서 밀어붙여 봤다.

"아, ……뭐. 딱 한 사람. 아, 하지만 사귀지는 않았어요. 짝사랑, 계속 짝사랑이라. 옛날, 초등학생 때의 일이었어요."

심장이 크게 뛰었다. 그걸 깨닫지 못하게 나는 웃었다.

"와, 그 사람은 어떤 사람이었어?"

"이웃 오빠예요. 카메 씨랑 비교하면 조용하고 말이 없는 사람이었어요. 항상 왠지 슬픈 듯한 표정을 짓고, 하지만 상냥했어요. 예, 무척. 저를 구해준 사람이라."

"구해준……?"

"제가 부주의한 탓에…… 자칫 죽을 뻔한 적이 있어요. 그때, 구해줬어요."

"그런 일이 있었구나."

"예…… 어른이 되어도 잊지 못할 추억이에요."

"그 사람에게 마음은 전했어?"

"전하고 싶었지만, 이제…… 만나지 못하게 되어서……."

유감스러운 듯이 빈 글라스로 시선을 떨어트렸지만, 그

녀는 바로 얼굴을 들고 나를 봤다.

"옛날 일이니까요. 잊지 못한다고 해도, 이제는 딱히 좋아하는 건 아니라, 이미 예전에 감정을 정리했으니까요."

아니, 그건 아니야──.

그렇게 귀에 머리카락을 거는 것은, 뭔가 숨기고 있을 때의 버릇이다.

"그 정도네요. 좋아했던 사람이라고 해도."

좋아했던 사람이 아니라, 그 사람은 미츠루에게 '지금도 변함없이 좋아하는 사람'이야.

틀림없어.

그녀는, 지금도 그런 거다.

지금도, 잊지 못한 '그 사람'을 마음에 남겨뒀다.

3년 전부터, 미츠루의 기억이 되감기기 전에 그날까지…… 인지 아닌지는 모르지만, 한 가지 새롭게 판명된 것은, 3년 몫의 기억을 잃어버린 그녀의 안에는 지금, 틀림없이 내가 아니라, 다른 상대가 있다는 것.

그도 그렇다. 그녀는 좋아한다고 정한 것은 끝까지 관철한다. 언제까지고 좋아한다.

누에가하라 씨의 말이 거짓말이 아니라고 판명된다면, 지금의 미츠루는 역시…………

몰랐던 잔혹한 진실.

'너는——대용품이었어.'

그때의 목소리가 되살아나고 괴로움이 퍼졌다.

"왜 그러세요?"

갑자기 말을 잃은 나에게 미츠루가 깜짝 놀라서 고개를 갸우뚱했지만, 적당히 얼버무릴 수밖에 없었다.


바다사자 쇼를 보고, 우사와 네코무라 씨에게 줄 선물도 구매했다. 그리고 돌아가기 전에 아쉽다는 미츠루의 말에, 다시 해달의 수조까지 가서 지나가던 스태프에게 부탁해 우리는 수조를 배경으로 사진을 한 장 찍어달라고 했다.

고속도로를 타고 돌아가는 도중 휴게소에 들렀다. 오랜만의 운전으로 내 피로가 쌓인 것도 있어서 가볍게 저녁식사를 끝낸 뒤, 한 시간 정도 잠깐 차 안에서 잠을 자기로 했다.

좌석을 눕혀 각자 누운 우리는 해달처럼 한쪽 손을 뻗어서 깍지를 끼고, 눈을 감았다.

"왠지, 조금 기운이 없으시네요."

"응. 조금 피곤한 모양이야, 고속도로는 오랜만이었으

니까."

정작 자신은 거짓말이 서툴면서, 이럴 때는 묘하게 날카로워서 곤란하다.

어느 사이에 빗방울이 앞 유리를 때리고, 점차 더 강해지는 모습을 보면서 왠지 내 마음속도 점점 뾰족해지는 것 같았다. 몇 번이나 이 이야기를 하지 말자고 생각했다, 하지만.

"있잖아, 역시, 무리하고 있는 거 아니야?"

지금까지 계속 담아 왔던 마음이 한계를 맞이했는지, 결국 그때 흘러넘치고 말았다.

"어째서요?"

미츠루가 눈을 크게 뜨고 이쪽을 봤다.

"조금 전의 이야기. 미츠루가 말한…… 과거 좋아했던 사람의 일. 미츠루, 지금도 좋아하잖아, 그 사람."

내가 말하자 미츠루는 바로 부정하지 않았다.

그 말만은 하지 않았으면 했다는 그런 표정이었다.

그리고 나는 확신했다. 역시 그랬다고.

지금의 내가, 그녀에게 어떻게 비치고 있는지, 그녀가 지금 상황을 어떻게 받아들이고 있는지 알았다.

나는 지금까지 내가 편한 대로 착각을 하고 있었다. 그

녀가 가끔 보여주던 미안하다는 표정도, 나에게 한 사과
도 전부, 잊어버린 것에 대한 미안한 감정에서 나온 것이
라고.

하지만 그게 아니었다.

지금의 미츠루는 나와 연인이 되기 전 상태로 돌아가 있
어서, 내가 아닌——다른 누군가를 좋아하는 마음을 마음
속에 감추고 있다.

그러니까 내가 보내는 전력을 다하는 호의에 제대로 대
응하지 못하고, 아직 자신도 미처 따라갈 수 없어서, 그러
니까 그녀는 그날 밤, 울었다.

나로 입장을 바꿔보면 잘 알 수 있다.

사실은 미츠루를 좋아하는데, 나한테 기억 속에 없는 상
대와 사귀고 있다는 현실이 있으며, 그 상대가 나를 순수
하게 좋아한다는 것을 알았다고 치자. 내 입장에서는 그
사람이 아무리 잘해주더라도, 좋은 사람이라는 감정으로
멈출 것이다. 사실은 미츠루를 좋아하니까.

그래도 다시 좋아하게 되어줬으면 하고 바라고 있을 테
고, 나도 그에 응해야 한다는 의무감에 사로잡혔을 것이
다.

그도 그럴 게 그러지 않으면 미안하다.

그런 생각을 품고서, 가야 할 방향으로 가지 못하는 자신의 감정과 상대의 배려 사이에 껴서, 좋아하지도 않는 상대를 언젠가 다시 좋아하게 되어야 한다고 자신에게 의무를 부여하다니.

　이런 건…… 괴롭지 않을 리가 없잖아?

　"역시, 그랬구나."

　"아니에요……."

　미츠루는 떠올린 듯이 고개를 가로저었다.

　그러나 나는 그 말을 믿어 줄 수가 없었다.

　"지금까지 계속 함께 있었어. 네가 무슨 생각을 하는지, 상상하는 것 정도는 간단히 할 수 있어."

　침묵하는 미츠루는 완전히 도망칠 길이 막힌 듯했다. 그 모습에 가슴이 아팠다. 아니, 그런 표정을 짓게 하고 싶었던 게 아니야.

　"낮에도 말했지만. 너는 말이야, 과거의 자신과 똑같아져야 한다고 생각하지 않아도 돼. 나는 지금의 네가 생각하는 대로, 자유로워졌으면 싶어."

　"어째서 그런 말을 하는 건데요?"

　"깨달았으니까…… 네가 지금까지, 어떤 마음으로 내 옆에 있어 주었는지, 그런 건 고통 이외에 아무것도 아니야……. 나도, 괴로워…… 그렇게 생각하면서 무리하는 미츠루를 보고 있는 게."

거기서 한동안 침묵이 이어지고, 먼저 입을 연 것은, 울 것 같은 표정의 미츠루였다.

"……제가, 말을 할 수 있을 리가 없잖아요? 그런 일. ……지금까지 계속 애써주고, 옆에 머물러 주었는데, 여기까지 와서 그런 심한 말, 카메 씨에게 할 수 있을 리가…… 웃."

"나는…… 말해주길 바랐어."

거기까지 말하게 하고는 나는 더욱 그녀를 괴롭히는 말을 던지고 말았다.

"말해줬으면 했어, 나보다 좋아하는 사람이 있다고……."

"……그렇다면."

내가 진심을 말하자, 그녀도 지금까지 미소 속에 숨기고 계속 부풀어왔던 마음을 모두 부딪쳐 왔다.

"카메 씨도, 저를 알고 있다면, 어째서 밀쳐내지 않는 건가요? 어째서 속였다고, 탓하지 않는 건가요? 저한테만 배려하고, 언제나 내가 모르는 곳에서 상처 입고…… 저도 그런 건 이제 싫어요……!"

내 슬픈 미소를 노려본 미츠루는 목소리가 떨리더니, 얼굴을 돌렸다.

"죄송해요……, 죄송해요……, 또 상처 입혀서……."

서로가 배려했기에 만들어진 충돌은, 화해도 없고, 고통만을 남기고 끝났다.

좌석 구석에서 몇 번이고 반복해서 말하는 미츠루에게 나는 아무런 말도 해주지 못했다. 빗소리가 멀리 들려오는 차 안에서, 두 사람 모두 숨을 죽이고 서로에게 준 상처를 품었다.

# ⋆ 10 ⋆

꿈을 꿨다.

미츠루가 낯선 남자와 손을 잡고 멀리 가버리는 꿈.

나는 눈앞을 지나가는 그녀를 불렀다.

그녀는 딱 한 번 나와 시선을 마주쳤지만, 바로 남자에게 돌아갔다.

즐거운 듯이 어깨를 들썩이며, 멈추지 않고 골목길로 사라졌다.

"이것 봐, 역시 너는 대용품이었어."

돌아보니 누에가하라 씨가 킬킬 웃으면서 손뼉 치고 있었다.

그림책을 넘긴 듯이 장면이 바뀌고 미츠루와 남자가 역의 개찰구를 지나, 홈에 정차한 붉은 전철을 탔다.

나도 그 뒤를 쫓아서 전철에 탔다. 그러나 같은 전철을 탔을 텐데 왠지 나는 반대 방향으로 가는 전철에 타고 있어서, 정신을 차리고 보니 문이 닫히고 발차의 기적이 울려 퍼졌다.

안 돼──, 허둥지둥 문의 유리에 달라붙었다.

양쪽의 전철은 반대 방향으로 달렸다.

지나쳐 가는 붉은 전철.

그 차창을 통해 순간적으로 보이는 좌석에, 어깨를 나란히 한 미츠루와 모르는 남자가 행복한 듯이 웃음을 짓고, 서로 꽉 포옹하는 모습.

소용돌이치는 초조함을 어떻게도 하지 못하고 나는 멀리 사라져 가는 두 사람에게 손을 뻗었다.

──거기서 눈을 떴다.

꿈이라서 진심으로 다행이라고, 하얀 천장을 올려보고 가슴을 쓸어내렸지만, 지금의 악몽은 순전히 마음속의 초조함에 의한 것이다.

자신이 무엇을 가장 두려워하고 있는지, 그것을 재확인한 기분이 들어서, 어쩔 수 없는 기분에 어깨를 축 늘어트렸다.


수족관에서의 데이트를 경계로 우리의 흐름은 변하기 시작했다.

두 사람 사이에 딱 맞아떨어지던 뭔가가 그 사건 뒤로 어긋나기 시작했고, 그리고 지금은 서로가 그것을 깨닫지 못하는 척을 하면서 그것을 상대가 눈치채지 못하도록 무리를 해서 묶어두려고 했다. 그런 불안정함을 피부로 느꼈다.

나만이 아니다 미츠루도 벌써 깨닫고 있을 것이다. 깊어져 가는 도랑의 존재를.

하지만 그 부분을 건드리지 않는 것은 그녀도 나도 같은 마음이기 때문이다──그렇게 생각했지만, 최근이 되어서, 그게 단순한 착각이 아니었나 의심도 생기기 시작했다.

나와 그녀의 마음은 정 반대라서 혹시 그녀는 자신의 이룰 수 없는 사랑을 메우기 위해서 나를 선택했던 것일지도 모르겠다는 것이다.

그런 말도 안 되는, 그저 억측. 지금까지의 그녀를 다름 아닌 내가 의심하는 건가? 생각하면 생각할수록 혐오감이 늘었지만, 지금이 되어서는 확인할 방도도 없었다.

끝나지 않는 자문자답을 반복하고 있자, 마음이 흔들려서 어떤 눈으로 그녀를 보면 좋을지 알 수 없게 될 것 같았다. 그에 동반되어서 만날 때마다 말수가 적어지고, 동시에 마음도 어긋났다. 가까이 있는 그녀가 멀리 느껴진다.

어떻게 움직이면 돼? 뭘 하면 돼? 나는 그녀에 뭘 해줄 수 있는지……. 고민하고 또 고민해도, 양쪽 다 구원을 받을 대답이 발견되지 않았다.

우사가 나를 찾아온 것이 그럴 때였다.

"그 표정은 또 뭐야? 정신 똑바로 차려."

우사는 막 일어난 나에게 단호하게 말하고 가지고 온 트리밍박스를 방구석에 놓더니, 이미 들뜬 표정인 라이스의 목줄을 끌고 목욕탕으로 데리고 가, 능숙하게 샴푸를 시작했다.

우사는 미츠루와 같은 전문학교를 졸업한 뒤, 신주쿠에 있는 어떤 세련된 애견 카페에 취직해, 거기서 동물 강사 겸 애완동물 미용사로서 일하고 있었다. 그러고 보니 다음에 집에 왔을 때라도 좋으니까 라이스의 미용도 해달라고 부탁했었다.

오늘의 그는 업무 모드인 듯, 항상 쓰는 화려한 가발이 아니라, 웨이브 진 긴 생머리를 가볍게 묶고, 가슴이 크게 벌어진 블라우스에 검은 바지, 손목에는 터키석 액세서리, 단순하지만 섹시한 패션으로 꾸미고 있었다.

화장한 얼굴에 익숙한데 가끔 이런 모습과 마주하면 순간 누군지 판단이 서지 않게 된다. 그 정도로 맨얼굴의 그와는 낯선 사이였다.

누에가하라 씨가 일본의 전형적인 선이 뚜렷한 미남형이라면 우사는 아마도 좀 더 담백하고 깔끔한 미남이라고 할 수 있을 것이다. 길게 찢어진 눈에 잘 빠진 코는 가부키의 배우 같은 기품이 있었다.

"있잖아, 너, 듣고 있어? 이발기로 전부 깎아도 되는 거지?"

가만히 있으면 멋진데, 신께서도 이런 걸작품에 대담한 개성을 주고 말았다.

수건으로 휘감긴 라이스를 미끄럼 방지 천을 깐 테이블 위에 올리더니, 우리 집의 드라이어와 우사가 들고 온 드라이어로 재빠르게 건조시켰다. 건조시키고 나서, 한쪽 손으로 슬리커 브러시를 이용해 털을 세우는 우사.

"라이스는 샴푸에 거부감이 없어서 좋아."

드라이어 소리에 지지 않게 우사가 큰 목소리로 나에게 말했다.

"그래? 뭐, 물놀이도 무척 좋아하니까."

"그에 비교하면 빵은 물이 닿는 것만으로 마구 도망쳐

서 힘들었던걸."

"응. 그 녀석은 물을 무척 싫어했으니까. 그립구나."

한 마리의 개를 축으로 빙글빙글 돌면서 두 사람이 대화하는 기묘한 광경이 수십 분. 샴푸의 좋은 냄새에 둘러싸인 라이스의 털을 빗으로 세심하게 빗는 우사에게 나는 아이스티를 따라 건넸다. 여기서 일단 잠시 휴식.

"그래서, 하고 싶은 말이 있던 거 아니었어?"

그 말을 듣고, 아아…… 라고 기운 없는 목소리가 나왔다.

"솔직히, 좀 곤란해……."

"그렇겠지. 얼굴에 쓰여 있어."

"미츠루랑은 이야기했어?"

"어제 이야기했어."

일단 그녀의 이야기부터 들어준 게 우사답다.

"뭐라고 말했어?"

"그것보다 일단 네 이야기."

우사는 다 마신 컵을 싱크대에 놓고, 꾸벅꾸벅 졸기 시작한 라이스의 발톱을 익숙한 손놀림으로 잘랐다.

나는 재촉을 받고는 괴로운 속내를 그에게 털어놓았다.

"나…… 잊혀도 같이 있으면 언젠가 다시 원래대로 돌

아올 거라고, 당연한 듯이 생각했어. 하지만 미츠루에게는 그것조차 지금은 괴로운 일이라고, 생각도 못 했던 거야."

짤깍짤깍 바닥에 튀는 라이스의 검은 발톱. 우사는 내 쪽을 일부러 보지 않고 말이 끝날 때까지 맞장구만 쳤다.

"그렇게 마음에 두고 있는 사람이 있었다니…… 우사는 알고 있었어?"

"알고 있었어. 전문학교 때 알려줬었으니까. 그 아이, 재학 중에도 꽤 인기가 있었어, 상급생들이 몇 번이고 고백해서. 그때마다 거절하길래 왜 그러냐고 물었더니, 그런 이야기가 나왔던 거야. 한결같은 것은 좋은 거야, 하지만 언제까지 추억에 얽매이면 앞으로 나갈 수가 없잖아, 그러니까 너를 소개해봤어. 연결되었을 때는, 그야 놀랐지만."

그 말투, 석연치가 않아…….

"미츠루는 어째서 나를 좋아해준 걸까?"

"글쎄? 필사적으로 맹렬하게 접근하는 네가 재밌어서 아닐까?"

"그렇게 재밌었어?"

"무척 재밌었어."

진지한 표정으로 대답하는 우사.

"너는 누군가를 좋아하게 되면 뭐랄까, 눈에 뻔히 보여. 밀당 같은 게 보통은 있을 텐데, 네 경우에는 그런 게 없으니까, 이미 개막부터 전력투구야. 이게 뻔히 보이는데 재밌지 않을 리가 없잖아."

어깨를 축 늘어뜨린 나.

분명히 그럴지도 몰랐다. 그도 그럴 게 그때까지는 연애 경험이 없었으니까. 그 무렵에는 뭐든지 전력이었다. 부끄러운 이야기다…….

"하지만 미츠루가 동정 때문에 억지로 사귀었다는 일은 절대 있을 수 없어. 대용품이라니, 우스꽝스러운 이야기야."

나에게 그런 이야기를 한 인물에게 고스란히 그대로 되돌려주듯이 우사는 낄낄 웃었다.

"너도 그렇게 생각하지 않아? 3년을 사랑한 여자를 믿지 못하겠다는 거야?"

"그렇지 않아."

"그렇다면 그대로 믿어줘. 적어도 미츠루는 카메한테만은 진심이었으니까. 네가 얼마나 좋아해주는지도 잘 알고 있었어. 그렇지 않았다면 3년이나 계속 사귀었을 리가 없잖아."

　쓴웃음을 짓더니 우사는 콘센트를 꽂고 이발기를 작동시켰다.

　양의 털을 깎는 듯이 순식간에 라이스의 부드러운 털이 테이블과 바닥에 쌓였다.

　실패하면 어쩌나 생각하면 나는 무서워서 쥘 수 없지만, 이렇게 과정을 보고 있는 것은 기분이 좋았다.

　"그건 그렇다고 치고 지금이 문제야. 너도 느끼고 있고 그 녀석도 같은 일로 고민하고 있었으니까. 그렇다고는 해도 지난번과는 또 상황이 다르긴 하네. 모조리 기억이 없어진데다가 주위는 자신과 카메의 관계를 알고 있으니까, 싫든 좋든 예전과 같은 자신이 되어야 한다는 의무감도 싹틀 테고, 더 여러모로 복잡하게 뒤엉킨 감정이라든지, 말할 수 없는 진심이라든지. 미츠루에게 지금이 가장 괴로운 시기일 거야."

　마음에 담고 있는 사람이 있는데 다른 사람을 좋아하려고 애쓰다니, 간단한 일이 아니지…….

　"마음의 문제인걸. 이것만은 충고할 방법이 없어. 두 사람이 어떻게든 할 수밖에."

　"이대로 질질 끌 바에는…… 이라고 생각도 했어."

그건 나에게 가장 선택하고 싶지 않은 선택지 중 하나다.

그러나 앞으로 계속 마음이 통하지 않게 된다면, 그런 이야기도 꺼내야 할 수 있다고 각오는 하고 있었다.

"미츠루가 좋아하는 사람을 포기하고 나를 좋아해 줬다고 한다면, 3년, ……줬다고 한다면."

내가 처음 그녀에게 마음을 고백한 그때, 미츠루는 울고 있었다.

지금 되돌아 생각해보면 알 수 있다. 추억 속의 그와 이별을 고하고, 눈물을 흘렸다는 사실을. 그러니까——.

"이번에는 내가 양보해줘야 하는 게 아닌가 하는 생각이 들어."

"그런 배려, 미츠루는 기뻐하지 않을 거야."

"이것도 해결책의 하나야."

"그래……."라고 우사는 거기서 대화를 중단하고 작업에 집중했다.

다음으로 입을 연 것은 라이스의 털을 짧게 다 깎은 무렵이었다.

"좀 더 과감할 필요가 있어."

툭 내뱉는 듯이 말하는가 싶더니, 지금까지 받아주던 나의 구질구질한 생각들을 일소하려는 듯이 떠들기 시작했다.

"미츠루는 나보다 좋아하는 사람이 있다? 바보 아니야 너, 그 자리에 없는 녀석 따위에게 겁먹지 말란 말이야!"

그건……, 듣고 보면 아픈 이야기다.

"아니 그보다, 추억 따위에 매몰되지 말고, 재빨리 다시 내 것이 되라는 말 정도도 하지 못하겠어?!"

"내 것이라니."

"너희 서로를 너무 지켜주려고 해. 때로는 아픈 경험을 하면서 상대에게 더 다가가도 좋은 거잖아. 그렇게 모두 드러내고 엉망진창으로 서로 망가진 뒤에야 미래가 보이는 때도 있다는 거야."

즉 부딪히고 부딪혀서 깨져봐라, 라는 이야기인 모양이다.

누에가하라 씨는 논외라고 쳐도, 우사의 파워풀한 연애관에는 감탄할 수밖에 없다.

맘대로 말하라고…… 라며 나는 소파에 깊숙이 눌러앉았지만, 잘 생각해보니 이해할 수 없는 이야기도 아니었다.

분명히 우리가 지금까지 걸어온 사랑의 길은, 서로가 양보하고 최대한 충돌을 피하는 것에 무게를 두고 있었던 것일지도 몰랐다.

나는 그걸로 좋다고 생각했고, 미츠루도 아마 그에 불만은 없었을 것이다. 하지만 서로 다가가지도 멀어지지도 못하는 지금의 이 상황은, 여차할 때 격렬하게 부딪치지도 않았던 평화주의적인 만남이 지금에 와서 오히려 나쁜 방향으로 움직이게 되어버린 것일지도 모르겠다.

"특히 너는 경험상, 다른 사람과 쓸데없이 다투는 걸 정말 싫어하니 말이야."

우사의 말이 맞다. 진짜 좋아하는 사람이 상대라면 더더욱 피하고 싶다고 생각하는 편이다.

"하지만 지금은, 상대를 상처 입히지 않으려고 눈치를 보고 있을 때가 아니잖아. 지금 필요한 것은 서로 진심으로 부딪히고, 뭐가 두 사람에게 필요한지 아는 거 아니겠어? 그리고 그렇게 해야 한다는 사실을 너도 미츠루도 사실은 마음속으로는 알고 있을 거야."

그렇게 타이르는 그에게, 나는 말없이 고개를 끄덕였다.

"3년 전, 분명히 처음에는 그럴 마음 따위 없었을지도 몰라. 하지만 네가, 너무 숨김없이 대해주니까 그 아이도 눈을 뜬 걸 거야. 추억은 추억에 불과하고, 껴안아 주지도 키스해주지도 않는다고, 앞으로 나가자고 말이지."

다시 그 대답에 도달하게 만드는 게, 네 역할이라고 우사는 말했다.

"그래도 안 되겠으면, 내가 가슴을 빌려줄게. 마음껏 울도록 해."

"그렇게 되지 않도록 해볼게."라고 대답하자, 기합을 넣기 위해서인지 내 엉덩이를 힘껏 때렸다.


"어라, 미츠루 선배 말인가요? 오늘은 휴일이었어요, 갑자기 근무 시간을 바꿔서요."

이런……

우사를 배웅한 뒤에, 생각난 김에 나는 쇼핑센터에 들러서, 평소의 벤치에 앉아 퇴근 시간이 될 때까지 기다리고 있었는데.

놀랍게도, 일이 끝나서 돌아가려던 네코무라 씨에게 말을 걸고서야 미츠루가 휴일이었다는 사실을 알았다.

"연락 정도는 해보시지, 카메이도 씨는 얼마 전에도 비슷한 일을 하셨잖아요?"

자판기에서 기세 좋게 떨어진 탄산 주스를 꺼내고, 네코무라 씨는 옆에 걸터앉았다.

그에 내가 쓴웃음을 짓자, 과연 대단하다고 할지, 역시나 그렇다고 할지, 그녀는 민감하게 뭔가를 눈치채고는 쑥 나와의 간격을 좁히고 들어왔다.

"어, 뭐에요, 그 표정. 뭔가가 있었나요? 아니 그게 아니라, 있었네요."

이 아이는 어떻게 아는 거야?

"알겠어요. 왠지 최근에 미츠루 선배는 기운이 없고, 카메이도 씨는 연락도 하지 않고 찾아오고, 그리고 지금 쓴웃음. 분명히 이상해요. 싸웠어요?"

윽, 날카롭다. 너무 날카로워.

"역시 그러네요. 뭔가 있었나요? 이야기를 들어드릴게요. 아니, 신경 쓰이니까 들려주세요."

고양이 같은 눈에 사로잡혀, 나는 도망치기를 포기했다.

"과연, 선배가 좋아하는 사람이."

"미츠루는 뭔가 말하지 않았어?"

"으~응. 직장에서는 진짜, 일만 열심히 한다는 느낌이니까, 그 이야기는 저도 지금 알았어요. 뭐, 선배, 좋은 의미에서도 나쁜 의미에서도 한결같으니까요."

네코무라 씨는 팔짱을 끼고 고개를 갸우뚱했다.

"그리고 카메이도 씨는 미츠루 선배를 위해서라도 물러나야 하겠다…… 라고 생각하고 있지 않으세요?"

날카롭구나…….

"지금까지 보아 온 카메이도 씨의 성격을 분석해보면, 그렇게 생각하는 게 당연할 거라 봐요."

"분석이라니."

하지만 맞았으니까 뭐라고 말할 수도 없다.

"그건 그만두세요. 그쪽이 더 미츠루 선배, 슬퍼할 테니. 저도 토즈카 선배의 백업도 쓸모없어지는 거니까요."

네코무라 씨는 거기서 캔 주스를 단숨에 마셨다.

"잘 생각해 보면, 카메이도 씨도 알고 있잖아요. 선배는 온전하게 좋아하지 못하는 카메이도 씨와 같이 있는 게 괴로운 게 아니라. 마음과는 반대로 카메이도 씨를 우회적으로 계속 상처 입히고 있으니, 고민하는 거죠."

그리고 나 역시 마찬가지다. 미츠루의 감정이 다른 방향으로 향했다는 것보다, 미소를 보여주는 그녀가 마음속 깊이 얼마나 스스로를 탓하고 있을지, 그렇게 생각하는 게 훨씬 괴로웠다.

"두 분은, 의외로 서로 닮은꼴이네요."

"그렇다고 생각해."

"보고 있으면 무척 감질나요. 무척이나 확 하고 등을 떠밀어주고 싶어지네요~."

겉과 속이 같은, 밝은 성격의 네코무라 씨는 우사와는 또 다른 힘을 주었다.

지금까지 이런 이야기를 한 적이 없는데, 이미 완전히 나의 좋은 상담 상대다.

"그러고 보니……, 계속 신경 쓰였는데, 어째서 우리를 그렇게 신경 써주는 거야? 역시 미츠루와 연애 이야기로 꽃을 피워보고 싶다는 게 이유야?"

"아아, 그거 말이죠."

네코무라 씨가 빈 캔을 쓰레기통으로 던져 넣고, 미소를 지으며 돌아보았다.

"두 사람의 사이를 응원하는 여자를 연기하면서, 카메이도 씨를 미츠루 선배에게서 약탈하기 위해, 인데요?"

뭐——?

"라는 건 농담이고요."

"깜짝 놀랐어. 갑자기 무슨 소리 하는가 했더니."

"당연히 거짓말이잖아요. 카메이도 씨 같은 사람, 제 타입도 아닌걸요."

"으……."

"라는 것도 농담이에요. 뭐, 단순히 사이좋은 선배라는
이유도 있지만, 미츠루 선배에게는 전에 한 번 도움을 받
은 적이 있어서. 그 보은도 있기는 해요."

"보은?"

"저 이렇게 보여도, 처음에는 선배를 진짜 많이 싫어했
어요."

"그랬어?!"

"예, 그도 그럴 게 저는 지금이야 평범하게 보일지도 모
르지만, 옛날에는 여러모로 제멋대로에 태도도 안 좋았어
요. 미츠루 선배는 근본적으로 성실한 우등생이잖아요?
전문학교 때도 물과 기름 같았죠. 뭐, 제가 청소 당번 같
은 걸 땡땡이치거나, 평소에도 의욕이 없었던 게 문제긴
했지만요."

지금은 꽤 괜찮아졌지만요, 라며 네코무라 씨는 웃었
다.

"동물 업계에 들어오려고 생각했던 것도, 왠지 즐거워
보였고, 개나 고양이를 만지면서 일을 할 수 있는 게 힐
링이 되겠다고 생각했던 정도라. 가벼운 기분으로 이곳의
애완동물 가게에 취직되고, 그래서 배속되었는데 정말 깜

짝 놀랐어요. 제가 정말 싫어하는 미츠루 선배가 있는걸요. 그때는 노골적으로 싫은 표정을 드러내서, 매일 부딪히고 민폐를 끼쳤는데~."

네코무라 씨가 애완동물 가게에 입사한 것은 지금부터 2년 전의 일이다. 당시에는 서로 성격이 맞지 않고, 미츠루와 그녀는 지금과 비교할 수 없을 정도로 삐걱거리는 관계였다고 한다.

"언젠가 일이 끝날 때쯤 들른 쓰레기장에서 새끼 고양이를 발견한 적이 있는데. ……아마 까마귀에게 공격을 받은 거겠죠. 지독한 상처를 입어서……, 순간적으로 도와야 한다고 생각은 했는데, 피투성이라서 저는 굳어버린 채, 아무것도 할 수 없었어요. 그랬더니, 그때 미츠루 선배가 와줘서."

갈팡질팡 만지지 못하고 있던 네코무라 씨를 대신해서, 미츠루는 새끼고양이를 안아 들고 근처의 동물 병원에 연락해서, 옮겼다고 한다. 그 덕분에 조치가 늦어지지 않아서, 새끼 고양이는 생명을 부지할 수 있었단다.

"기다리는 사이에, 옆에 있는 미츠루 선배를 봤더니, 선배의 옷이 새빨갛게 물들어 있어서……. 그런데도 선배, 그때 전혀 주저하지 않았어요. 저는 그저 지켜볼 수밖에

없었는데. 혹시 가게에 있는 아이들한테 같은 일이 벌어
진다면, 분명히 아무것도 해줄 수 없겠구나, 귀여워하기
만 했을 뿐, 지금까지 동물들의 생명을 가볍게 봐왔구나,
되돌아보니 충격이어서. 선배는 제가 무엇을 느꼈는지 금
방 이해하고는, 진정될 때까지 계속 이야기를 들어주셨어
요. 동물과 관련된 일은, 좋아하는 것만으로 안 된다고요.
어쩌다 보니 하던 일이, 생명을 다루는 무거운 일이었다
는 사실을 그때 처음으로 깨달았던 거예요. 그 사건 이후
부터예요, 미츠루 선배와 사이가 좋아진 것은."

그때 구출한 새끼고양이는 최종적으로 네코무라 씨가
입양해서, 애묘로서 지금도 귀여워하고 있다고 한다.

"선배를, 우등생인 척하니 계속 답답하다고 생각했지만
요. 동물에 대한 애정이나 상냥함은 그때부터 진심으로
배우고 싶다고 생각했어요. 하지만 선배는 그게, 바보같
이 정직하고, 조금 덤벙대는 면도 있으니까, 무슨 일이 있
으면 이번에는 제가 도와줘야지——라고 생각했었죠. 그
래서…… 일까요. 뭐…… 그때의 일도 지금의 선배는 잊
어버렸지만요."

안타까운 속삭임을 지우려는 듯이 네코무라 씨는 고개
를 저었다.

"하지만 괜찮아요. 제가 제대로 기억하고 있으니까. 어느 쪽이든 기억하고 있으면, 추억은 사라지지 않아요."

그렇죠? 라고 묻자 나는 긍정의 대답을 했다.

"고마워, 네코무라 씨. 그렇게 말해줘서."

"아뇨, 미츠루 선배 덕분에 저도 조금은 이 업계에서 일하기에 걸맞은 인간에 가까워졌다고 생각해서요. 그렇다고는 해도 이번만은 저희가 직접 도울 수는 없을지도 몰라요."

하지만 분명히 괜찮아요, 라고 그녀는 확신에 찬 뭔가를 담고 내 등을 쳤다.

"두 사람은 앞으로, 제대로 잘해나갈 거예요. 내기해도 좋다니까요."

"어째서 그렇게 생각해?"

"그도 그럴 게 저는 많이 봐왔는걸요. 선배가 카메이도 씨를 좋아하는구나 싶었던 표정을요."

내가 가게에 놀러 왔을 때, 일이 끝나고 휴대전화를 보고 있을 때의 옆얼굴, 항상 조금 허둥지둥 직원실로 향하는 모습. 네코무라 씨는 내가 모르는 미츠루의 이야기를 해줬다.

"그게 거짓이라고는 역시 생각할 수 없어요. 그러니까

카메이도 씨도, 더 자신을 가져주세요. 선배는 한번 당신을 좋아했으니까, 두 번도 좋아할 수 있을 거예요. 그러니까 남은 건, 거기 도달하기 위한 계기뿐이에요."

네코무라 씨는 씩 덧니를 보이며 웃더니, 정중하게 인사를 하고선 돌아갔다.

정신을 차리고 보니 깊은 안개 속 같던 망설임은 완전히 걷혔다.

이제 충분하다. 나는 내 마음을 단단히 다질 수 있었다. 분명히 미츠루도, 마주할 준비가 되었을 것이다.

저녁노을에 휘감기듯 퍼져가는 쪽빛, 그 중심에 덩그러니 떠 있는 비어 있는 달을 바라보았다.

작은 목소리를 낸 나는 벤치에서 일어났다.

· 11 ·

　우사와 네코무라 씨의 조언을 받아들여, 서로의 마음속에 있는 응어리를 이번에야말로 청산해야겠다는 생각에, 다음에 휴일이 겹쳐지면 미츠루와 느긋하게 대화를 나누자고 생각했다. 그런데…….

　휴일이 오기 전에 나는 그녀와 얼굴을 마주하게 되었다.

　그것도, 평소에는 웬만하면 걸리지 않는 감기에 내가 걸려버렸기 때문이었다.

　며칠 전부터 왠지 모르게 열이 나고, 가끔 두통을 느낀 적도 있었지만. 설마 그게 감기라고는 손톱만큼도 생각하지 못하고, 그대로 내버려 두고 있었더니 몸 상태가 오늘 아침이 되어서 급변했다. 지독한 울렁증과 현기증에 휩싸여 열을 쟀더니 평소에는 절대 볼 수 없는 수치가 나왔다.

　자기 관리도 안 된다니 무척 한심했지만, 이 상태로 일을 할 수 있다고는 도저히 생각하지 못하고, 쭈뼛쭈뼛 회사에 전화하자 팀장인 사메시마 씨가 전화를 받았다.

감기 따위로 쉬지 마, 라고 차갑게 대응하리라고 생각했는데, 사메시마 씨는 사루와타리 씨를 통해 최근 나의 상태가 안 좋은 것을 알고 있는 듯했다.

"피로가 쌓였던 거겠지. 느긋하게 쉬면서 치료하도록 해. 그 대신 완쾌되면 지금까지의 몫까지 더 열심히 해야할 테니까."라며 엄격한 그답게 말을 해주었다.

혼자 살고 가장 괴로울 때는 몸 상태가 무너질 때일지도 모르겠다.

식사를 만들 체력도 없고, 식욕도 없다. 대식가인 내가 식욕이 제로라니 진짜 위험하다고 생각하면서도, 바닥을 기어서 라이스의 밥그릇에 사료를 챙겨둔 뒤에 쓰러지듯이 이불에 누워서, 몇 시간 정신없이 계속 잤다.

다음으로 내가 눈을 뜬 것은 부엌에서 풍겨오는, 가다랑어 국물의 부드러운 향기 때문이었다.

"아, 일어나셨어요. 괜찮나요, 카메 씨?"

걱정스럽게 문에서 나타난 미츠루, 라이스도 불쑥 얼굴을 내밀었다.

"미츠루, 어째서."

"제가 전화했는데 기억하지 못하시나요?"

"미안…… 기억이 안 나."

"그렇겠죠, 열로 몽롱한 느낌이었으니까요."

아무래도 일이 끝날 때 미츠루가 나에게 전화를 한 모양인데, 받은 나는 거의 제대로 말을 하지 못하고, 걱정한 미츠루가 여벌 열쇠를 사용해 집으로 들어온 모양이었다.

"아아, 다행이야. 조금 전보다 열이 내렸네요."

이불 옆에서 내 이마에 손을 대는 미츠루.

분명히, 오늘 아침보다 열이 내린 기분이 들었다. 그녀의 옆에는 양동이와 수건, 시판하는 약, 젤리와 영양 음료 같은 것들이 잔뜩 담겨 있는 약국 봉지가 놓여 있었다. 시계를 보니 완전히 밤이 깊어졌다.

그렇구나…… 지금까지 계속 간호해주었던 거구나.

"미안, 많이 사 와줬네. 내 가방, 거기 있으니까 지갑 꺼내줄 수 있겠어?"

일어서려고 하자, 미츠루가 정말, 이라며 어이없다는 듯이 얼굴을 찌푸렸다.

"걱정할 부분은 그 부분이 아니에요. 어째서 알려주지 않으신 건가요?"

"어째서냐니 그야……."

"하여간, 안정을 취해주세요. 그리고 저 오늘 자고 갈 테니까요."

"뭐?! 그건 안 돼……! 감기가 옮을 테고, 아니 그보다 안 되는 거잖아."

"어째서요? 저, 카메 씨의 여자친구잖아요."

"그, 아니, 그렇긴 한데, 하지만……. 밤도 늦었고, 돈은 줄 테니까, 오늘은 택시로 돌아가."

"가족한테는 말해두었고요. 장롱에 제 옷이 들어있는 것은 확인 끝냈어요, 필요한 것은 조금 전에 편의점에서 다 샀고요."

아무래도 진심인 모양이다. 고집에 밀리고 말았다.

"미안한데……."

"괜찮아요. 지금까지 제가 계속 민폐를 끼쳤으니까. 이 정도, 하는 것도 당연하죠."

연약하게 몸을 움츠리는 나에게 그렇게 말하고, 미츠루는 벽장에서 접이식 테이블을 꺼내더니, 반숙이 올라간 우동을 냄비에 담아 대접해주었다.

뚜껑을 열고, 김이 확 오르는 냄비에서 소량을 퍼 공기에 담더니, 미츠루는 후후 식혀주었다.

"먹을 수 있을 것 같나요?"

평소에는 거대한 그릇에 호쾌한 요리를 내오는 그녀지

만. 냄비 안의 부드러워 보이는 우동도 그렇고, 그 양도 그렇고, 잘게 썬 파와 얇게 썬 어묵이 깔끔하게 곁들여져 있는 것도 그렇고, 평소 이상으로 배려가 담겨 있는 듯한 느낌이 들었다.

나른함을 호소하던 몸은 타산적이게도 미츠루의 요리만은 원하는 듯해서, 나는 느긋하게 우동을 입으로 옮겨 넣었다.

"아아……. 안심되는 맛이야."

내 반응에 미츠루도 안심한 듯한 모습을 보였다. 라이스도 오늘만은 얌전해서, 이불 옆에 궁둥이를 붙이고 우리를 귀여운 눈빛으로 지켜보았다.

산뜻한 맛에, 폭신폭신한 달걀이 얽혀 있는 우동을 후루룩 목으로 넘기자, 아무리 그래도 전부라고는 할 수 없었지만, 이것만으로도 꽤 회복된 것 같은 기분이 들었다.

"고마워, 미츠루. 와줘서 살았어."

"도움이 되었다니 다행이네요. 왠지, 그다지 밥을 많이 먹지 않는 카메 씨를 보면 불안해져요. 느긋하게 쉬고, 빨리 건강을 되찾아 주세요."

식사를 끝내고 약을 마시고, 다시 누운 나에게 조심스럽게 이불을 덮어주고 나서 그녀는 싱긋 웃었다.

"몸, 힘들지 않으세요?"

"괜찮아. 우동과 헌신적인 간호가 효과를 발휘한 모양이야."

감기에 걸린 것은 불행한 일이었지만, 이렇게 그녀가 찾아와 준 것은 행운이었다. 나는 여기서, 말을 해둬야겠다고 생각했다.

"있잖아."

그러자 그녀도, 내가 무슨 말을 하려고 하는지 눈치챈 모양이었다. 미소를 지은 채로 살짝 고개를 끄덕였다.

"얼마 전의 일이라면, 사과하지 말아 주세요."

"아니, 사과할게…… 미안, 정말."

"괜찮아요…… 사실, 저도."

침묵이 흐르고, 미츠루가 먼저 입을 열었다.

"저, 사실은 얼마 전에, 카메 씨와 누에가하라 씨의 대화를 들었었어요……."

"알고 있었구나."

"훔쳐 들을 생각은 아니었어요. 하지만 누에가하라 씨가 한 말은 거짓말이 아니라서, 나갈 수가 없었던 터라."

내가 그 이야기를 거짓말이라고 믿어주면 좋겠다고 미츠루는 기원한 모양이었다. 자신의 진심이 폭로되고 싶지 않다고.

그러나 수족관에서 내 이야기를 들었을 때. 미츠루는 모든 것을 깨달은 모양이다.

"숨길 생각이셨는지도 모르겠지만, 카메 씨…… 표정으로 드러났으니까요."

이런 일, 사실 말하고 싶지 않았을 그녀의 표정이, 억지로 만든 미소가 또 괴로웠다.

"죄송해요."

"이제 사과하지 마."

"그렇지만…… 카메 씨가 지금까지 계속 저를 좋아해 줬는데, 그런데도 저는 당신의 마음을 온전히 받아들이지 못하고 배신했어요. 이런 거, 너무하잖아요."

진짜 그녀는 너무 많이 짊어지려고 한다.

"그렇게 지금까지, 자신을 탓하고 있었잖아? 나에게 나쁜 짓을 했다고 생각하고 있었잖아? 괴로웠겠지……, 내가 더 너를 배려해줄 수 있었다면 좋았을 텐데."

"저따위 보다, 카메 씨 쪽이 더 힘들었잖아요?"

사실을 말하자면, 힘들었다. 하지만, 그래도 나는, 3년 동안 함께했던 미츠루가 거짓말을 계속했다고는 의심하려고 해도 의심할 수 없었다.

처음에는 나 따위 전혀 좋아하지 않았을지도 모른다. 다른 사람을 좋아했을지도 모른다.

그렇다고 해도, 지금까지의 3년은 미츠루가 진짜 나를 좋아하고 지금까지 함께하고 싶었기에 머물러 주었던 거라고, 되돌아 생각해도 그녀가 보낸 온갖 감정들은 네코무라 씨나 우사가 말한 듯이 거짓이 아니라 진짜라고, 나는 그렇게 생각할 수 있었다.

"나는 미츠루가 진심으로 나와 마주해 주었다고 믿고 있으니까. 너는 자신을 이 이상 탓하지 않아도 돼. 끝이 없는 갈등에서, 여기에서 해방되도록 하자."

손만 뻗어 그녀의 머리를 쓰다듬자, 미츠루는 또르륵 눈물을 흘렸다.

지금까지 마음속에 품어왔던 죄책감과 고뇌가, 눈물방울이 되어 흘렀을지도 모르겠다. 그 작은 물방울을 나는 손가락 끝으로 몇 번이고 받아들였다.

"미츠루는, 앞으로 어쩌고 싶어?"

"저는, ……카메 씨를 좋아하게 된 이유도 모르는 채로 끝내고 싶지는 않아요. 3년 전처럼, 많이, 당신과 대화하고, 여러 장소에 가서, 웃고, 같이 맛있는 것을 잔뜩 먹고, ……다시 한 번, 추억을 쌓아가고 싶어요. 이것이 지금의,

진짜 내 기분이에요."

나는 목이 멘 채로 웃었다.

"같은 생각을 했구나."

나도, 너와 떨어지고 싶지 않아.

다른 누군가를 마음에 담아도 상관없어. 다시 좋아하게
될지 알 수 없다고 해도, 지금 여기서 끝내고 싶지는 않아.

"그도 그럴 게 너는 내 첫사랑이니까."

이렇게 사람을 좋아하게 된 적이 없을 정도로, 너를 많
이 좋아하니까.

앞으로도 곁에 있고 싶어. 그것만은 무슨 일이 있더라도
변하지 않아.

솔직한 기분을 다 털어놓고, 두 사람 사이에 있던 눈에
보이지 않는 벽이 조용히 무너지는 것 같은 기분이 들었다.

같은 인간이라고 해도, 다시 더듬어 가는 길이 같다고는
단정 지을 수 없다.

그녀의 기억이 앞으로, 되살아날지도 확실치 않다.

그렇다고 해도, 우리는 걸어가기를 결심했다.

지금까지 같이 걸어온 길이라는 대답을 믿고서.

구멍이 뚫린 퍼즐에 같이 조각을 채워가는 길을 선택했
다.

　8월의 마지막 날.

　마침 그날 밤에는 옆 마을에서 불꽃놀이 대회가 있었는데, 하천부지에서 같이 보지 않겠느냐고, 드물게 미츠루의 권유가 있었다.

　우리는 어슬렁어슬렁 평소와 같은 산책 코스를 걷고, 하천부지에 도착하면 그 뒤부터는 강 옆에서 라이스와 같이 원반던지기를 하면서 밤까지 시간을 죽일 생각이었다.

　그러나.

　길 도중에, 미지근한 바람이 휘몰아치고, 잿빛 하늘에 흘러가는 구름의 움직임이 수상쩍어져서, 혹시나 생각하고 있었는데. 설마 도착하자마자 노린 듯이 비가 쏟아지리라고는 예상도 하지 못했었다.

　가랑비라면 다행이지만, 총알 같이 입자가 커다란 비가 순식간에 하천부지 일대를 뒤덮고, 우리와 마찬가지로 불꽃놀이 대회를 구경할 장소를 확보해두려고 했던 사람과, 물가에서 텐트나 파란 레저 시트를 펼쳐둔 사람들은, 순식간에 그것들을 접고 떠나버렸다.

우리도 그렇게 했으면 좋았을 텐데, 쏟아진 직후에 다리 밑으로 도망쳐 들어가, 한동안 비를 피한다면서 머물러 있었던 탓에, 빗발이 더 강해지며 장대비로 변해버리고, 완전히 빠져나갈 타이밍을 놓치고 말았다.

"우와, 깜짝 놀랐네요."

"응, 깜짝 놀랐어."

유카타 차림으로 오지 않은 게 정답이었다, 라고 가슴을 쓸어내리는 미츠루의 옆에서 나도 두꺼운 구름이 펼쳐진 하늘을 올려다보았다.

하지만, 오늘 하루 나의 놀라움은 옆으로 들이치는 이 비가 아니라 다른 데 있었다.

땅을 격렬하게 파는 빗줄기를 보면서, 이런 때에도 느긋하게 혀를 내밀고 꼬리를 흔드는 라이스의 몸을 손수건으로 세심하게 닦아주는 미츠루에게 시선을 던졌다.

"왜 그러세요?"

돌아보는 그녀의 머리카락은 목덜미 근처에서 바깥으로 펼쳐지는, 앞머리가 더 긴 보브 머리.

약속 장소에 왔을 때는, 그야 놀랐다.

어깨를 넘길 정도로 머리카락이 길었던 그녀가, 설마 그런 식으로 극적인 변화를 꾀하고 나타나리라고는 생각도 못 해서.

머리카락 끝이 상했다고 몇 센티 정도 자르는 경우는 종종 있었지만, 사귀고 나서 이렇게 싹둑 잘라버린 것은 이게 처음이었다.

시간은 지났지만, 역시 아직 익숙하지 않다. 눈앞에 있는 게 내가 아는 그녀가 아닌 것 같아서, 조금 신기한 기분이었다.

가만히 보내지는 내 시선을 견딜 수 없게 되었는지, 미츠루는 습기로 더 펼쳐진 머리카락 끝을 쓸면서 부끄러운 듯이 물었다.

"역시 긴 쪽이 좋았나요?"

"아니, 짧은 것도 잘 어울려. 단지, 충격적이라서."

"후후후, 그런 반응을 원했어요."

장난에 성공한 어린아이처럼 미츠루는 헤실 웃었다.

"지금까지, 여러모로 많은 일이 있었잖아요? 그러니까 심기일전한다는 생각으로요."

"과연, 그런 발상은 좋네."

"머리가 가벼워져서, 조금 머릿속도 가벼워진 것 같아요."

지금까지는 현실과 비어 있는 과거, 앞으로 어떻게 될 것인가에 대한 불안. 나에 대한 것, 자신에 대한 것, 그 모든 것에 계속 흔들리기만 했다는 미츠루.

"하지만 마냥 그런 생각에 매몰되어 있어도 무엇 하나 해결되지 않으니까요. 그렇다면 느긋하게, 질릴 정도로 느긋하게, 지금의 자신을 다시 쌓아가자고 생각한 거예요."

우리들의 마음을 고백하고, 괴로움을 서로 부딪치고 나서, 미츠루는 무척 정신적으로 안정을 되찾고, 지금의 자신을 바라보는 것에 익숙해진 모양이었다.

머리를 자르고 산뜻해졌다는 것도 크겠지만, 왠지 무리하는 듯했던 표정은 전보다 많이 온화해졌다.

상당히 멀리 돌아왔지만, 이렇게 생각할 수 있게 되어서 다행이에요. 미츠루는 그렇게 속삭이며, 나에게 감사의 말을 했다.

작은 대답이라도, 그녀에게는 큰 한 걸음이다.


펑펑 쏟아지는 비는 한동안 그칠 것 같지 않았고, 강의 수위도 점점 늘어나고 있었다. 우리는 강가에서 떨어져

올록볼록한 콘크리트 제방의 경사면을 올라가, 그 위로 대기 장소를 바꾸었다.

제방 위와 머리 위에 있는 다리의 아랫면은 생각 이상으로 좁아서, 왠지 비밀기지 같은 기분이었다. 이 지역에 사는 어린아이인지, 혹은 불량아들의 아지트인 건지. 다리 기둥 주변에는 과자의 빈 봉지와 빈 캔, 소년 잡지가 난잡하게 널려 있었다.

"저도 좀 어색하네요."

미츠루는 나에게 손수건을 건네고, 손빗으로 머리를 다듬으며, 간지러운 듯한 표정을 지었다.

"분위기가 상당히 변했으니까."

항상 어른스러운 느낌이 들었지만, 지금은 뭐라고 할지, 평소 볼 수 없는 앳됨이 전면으로 드러났다.

"그래요, 저 얼굴이 둥근 편이라, 머리카락이 짧으면 앳되게 보인다고 해서 지금까지 자르지 않았었거든요."

분명히, 둥근 머리 모양과 윤곽이 부드러운 커브가 어우러져서 전체적으로 그렇게 보이는 것도 이해가 되었다. 키가 작은 것도 더해지자, 왠지 지금은 학생으로도 볼 수 있을 것 같은 천진난만함이 미츠루에게서 배어나왔다.

"어린 시절에는 항상 이 정도로 짧았지만 말이에요."

"그렇구나. 괜찮으면 다음에, 사진을 보고 싶네. 미츠루의 초등학교 시절이라든지."

"아……. 저, 그때 아직 안경을 써서, 왠지 좀 부끄럽네요."

"뭐가 말이야?"

"아라레(인기만화 「닥터슬럼프」의 주인공) 같다는 이야기를 들을 것 같아요."

"귀엽잖아."

"그럼 그 대신에 카메 씨의 사진도 보여주세요."

상상해본 나는 손을 마구 젓고서는 어깨를 움츠렸다.

"어린 시절의 사진, 그다지 보여줄 만한 게 아니야."

"어째서죠?"

"중학교 정도까지는 무척 어두웠어. 그러니까 사진 따위 다들 시무룩해서. 이렇게 보여도 과거에는 무뚝뚝한 아이였던 거지."

얼마 전에 본가로 귀성했을 때, 앨범을 정리하던 어머니가 그걸 보고 한탄했을 정도다.

"뭐에요~ 상상이 안 가네요. 이렇게 밝은데. 무슨 일이 있었나요?"

"응, 여러 일이 있었는데……, 가장 큰 이유는 부모님의 이혼 때문이었을까."

"그러고 보니…… 저, 그 이야기 들었어요."

미츠루의 표정이 흐려졌다.

"어린 시절에 부모님이 이혼한다는 것은 괴로운 경험이 겠죠……. 초등학교 때, 부모님이 이혼한 친구가 있었는데, 무척 힘들어 보였다는 게 기억이 나요."

"좀처럼 다른 사람에게 말할 수 없는 고민이고 말이야. 꽤 힘들었던 것은 기억하고 있어."

어른이 되어 돌아보니, 그것은 어쩔 수 없었던 일이었다고 생각했지만, 어린 시절에는 그럴 수도 없었다.

같이 있어야 한다고 지금까지 믿고 있었던 가족이 뿔뿔이 흩어진다는 사실에 견딜 수 없는 고통을 느꼈다. 어떻게든 수습하려고 해도 빛나던 시절로는 돌아갈 수가 없고, 어린아이의 힘으로는 어른의 사정은 도저히 해결할 수가 없다. 당시 중학교 1학년, 사춘기 한가운데였던 나는, 부모님이 밤낮으로 펼치는 끝나지 않는 싸움을 보고 그런 식으로 깨달았었다.

도망치고 싶어도 차근차근 다가오는 슬픈 현실에 지쳐서, 어느 사이에 어떤 일에 대해서도 달관하게 되었다. 주위에 대한 흥미는 옅어지고, 친구의 무리에서도 떨어져,

한때는 혼자 있는 걸 좋아하던 때도 있었다.

"목소리를 낼 수 없는 감정을 어디에 두면 좋을지도 몰라서, 계속 혼란 속에 있었던 것 같아. 그 점은 지금까지의 미츠루와 비슷할지도 모르겠네."

"용케 힘내셨네요."

착하다, 착하다, 하면서 미츠루는 몸을 쭉 펴서 내 머리를 마구 쓰다듬었다.

"많이 슬퍼하기도 했지만, 그 뒤로 도쿄에 사시는 할아버지 집으로 엄마와 누나와 셋이 이사하고 나서, 이혼의 의미도 점차 받아들이게 되고, 마음이 편해졌었어."

괴로운 일은 영원히 계속되지 않는다.

그러니까 미츠루도 분명히, 앞으로는 괜찮아——.

말로 하는 순간, 구름 속이 희미하게 빛나더니, 깨질 듯한 천둥소리가 울려 퍼졌다.

라이스가 펄쩍 뛰어올랐다. 빗줄기는 박차를 더해서 강해지고, 땅을 파헤치며 흙내가 공기 속에 섞였다. 드디어 본격적으로 쏟아지기 시작했나? 병원으로 달리던 그날처럼, 시야가 흐린 백색으로 물들고, 수십 미터 앞조차 보이지 않게 되었다.

"올해, 비가 많이 오네요."

일조량 부족으로 농작물도 다들 흉작이라고 오늘 아침 뉴스에서 보도되었기도 하고, 분명히 올해 여름은 기분 좋게 맑은 날이 적었다.

두 사람과 한 마리가 거칠게 울음소리를 내는 하늘을 같이 올려다보았다.

소나기라고 추측하고 강 근처에 텐트를 쳐놓았던 학생으로 보이는 집단도, 바로 전에 허둥지둥 짐을 싸서 떠나갔다. 하천부지에 남은 것은 지금 우리뿐인 듯했다.

멍하니 하늘을 바라보고 있자, 옆에서 미츠루는 쌀쌀한 듯이 팔뚝을 쓸었다.

"추워?"

"약간요."

"조금 젖었는걸. 나, 거리까지 나가서 우산을 사 올게."

"괜찮아요. 또 감기 걸리잖아요."

"괜찮아. 뛰어서 다녀올 테니까, 금방 돌아올게."

"그거야말로 안 돼요! 넘어져서 상처라도 입으면!"

나가려고 하자 미츠루가 팔을 잡으며 맹렬하게 반대를 해서 어쩔 수 없이 그대로 비가 그치기를 기다리게 되었다.

그 뒤로 꽤 오랫동안 우리는 다리 아래에 머물고 있었다.

라이스는 울려 퍼지는 천둥소리에 그때마다 놀라면서
도, 근처의 냄새를 맡는데 푹 빠져 있었다. 나와 미츠루는
콘크리트 기둥에 등을 기댄 채 별것 아닌 일상 잡담을 나
누고 있었는데, 바로 조금 전에 양쪽 다 할 이야깃거리도
다 떨어지고, 자연스럽게 침묵하게 되었다.

두꺼운 구름은 걷히지 않고, 빗소리도 여전히 격렬한
채. 변한 것은 구름 사이의 하늘이 점점 어두운색을 띠기
시작했다는 것과 강의 상태다.

맑은 빛이었던 강은 계속 쏟아지는 호우에 얻어맞아 색
이 흐려지고, 귀에 크게 울리는 소리를 내면서 격렬한 흐
름을 보여주었다.

우리가 처음에 서 있던 강가를 집어삼킬 정도로 수량이
늘고, 이번에는 제방의 3분의 1가량에 닿을 정도가 되어
있었다.

이 강은 원래 호안 공사가 되어 있지 않아서, 비가 내리
면 둑이 탁한 물을 흡수해서 물러지고, 무너지는 일도 있
었다고 한다. 큰비의 영향으로 인한 강의 범람을 막기 위
해, 지금은 콘크리트로 보강되었고 높이가 있는 제방도
설치되었기에 다소 수위가 늘어나는 정도로는 꿈쩍도 하
지 않겠지만. 아무리 그래도 수위가 3분의 2에 다다르자,

감기에 걸릴지도 모른다는 느긋한 이야기를 할 수 없었다. 거리에 있는 편의점까지 우산을 사러 가야겠다고 나는 결심했다.

그나저나 큰일이다…….

강바닥에 가라앉아 있던 진흙의 냄새와 독특한 비린내, 그리고 콸콸 제방으로 몰려오는 탁한 물과 끊임없는 호우의 소리.

이 모든 것이 시각과 청각, 후각을 채우고, 다른 것과 비교할 수 없는 불쾌감이 내 안에서 싹텄다.

손바닥에는 축축한 땀을 쥐고, 관자놀이 부근에는 기억에 있는 통증이 발생했다.

아무래도 진정이 되지 않아…….

깊은숨을 내뱉고, 떨어트리고 있던 시선을 오랜만에 들자, 시야 한쪽에 평평해진 제방의 끝에 서서, 변모한 강의 흐름을 앞으로 기울인 자세로 빤히 바라보고 있는 미츠루의 뒷모습이 보였다.

딱히 큰 의미도 없다. 흥미 본위로 그러고 있다고 생각했다.

그녀는 어린아이도 아니고, 그렇게 주의력이 없을 정도로 정신을 놓고 있는 것도 아니다. 이쪽이 딱히 염려할 필요도 없고 '조심해'라고 한마디 정도 하면 될 상황이었다.

그런데——그게 안 되었다.

옅은 하늘색과 하얀색이 섞인 원피스 자락이 커튼처럼 떠오르고, 그 가냘픈 몸에 바람의 힘이 조금 더 가해지는 것만으로 앞으로 넘어져 버리는 게 아닐까 하는 과장된 위태로움을 느끼고 말았다. 그리고 그것을 폭발시키고 말았다.

"미츠루——!!"

넘어질 뻔하면서도 달리고, 나는 힘껏 그녀의 몸을 뒤에서 껴안고는 제방 끝에서 억지로 떨어트렸다. 미츠루는 놀라서 나를 올려다보았다.

"왜, 왜 그러세요…… 앗."

당혹스러운 목소리에 나는 모든 힘을 담았던 팔을 풀고 그녀에게서 재빨리 떨어졌다.

집중하고 있던 혈액이 태평스럽게 원래 장소로 돌아가는 듯이, 머리가 냉정함을 되찾아갔다. 심장이 벌렁벌렁 뛰는 것을, 품 안에 있던 그녀도 눈치챘을 것이다.

"미안…… 갑자기."

"아뇨."

"아팠으면…… 미안."

"아뇨아뇨."

"네가, 그게…… 떨어지는 게 아닌가 하는 생각이 들어서."

그렇게 말했더니 그녀는 볼을 부풀리며 웃었다.

"떨어진다고 생각했나요?"

고개를 끄덕이자, 또 웃었다.

"그렇게 간단히 떨어지지 않는다고요."

"그렇지."

나는 다시 크게 숨을 내뱉고, 관자놀이 부근을 긁적였다. 미간이 멋대로 주름을 만들었다.

"땀이 많이 났어요."

"응……."

기둥 쪽으로 돌아간 나는, 충동적으로 움직이고 말았던 자신을 바보스럽다고 생각하면서, 풀썩 등을 기댔다.

"그러고 보니 이 이야기, 지금의 미츠루에게 하는 것은, 처음이지?"

"……?"

"전에 히마루 식당에서 말이야, 강에 빠졌던 이야기를 했었잖아."

"아, 네."

"이곳이야, 그 강."

재밌어하던 그녀의 얼굴에서 미소가 사라졌다.

"도쿄로 이사 가기 전에는, 이 부근에 살고 있었지. 오늘처럼 폭풍이 치던 날에…… 여기 빠져서, 떠내려 가버렸었어."

강 그 자체가 나를 삼키고 죽이려는 생물처럼 보여서, 다가가면 그때와 같은 괴로움과 공포를 주지는 않을까? 하고 뇌가 몸에 경고를 내린 것이다.

관자놀이의 고통도, 마음속에 생긴 트라우마의 딱지가 벗겨지지 않게 하려고, 방어본능이 만들어내는 것이리라.

"그랬… 던 거군요……. 카메 씨에게, 이곳은 괴로운 추억이 있는 장소였네요…… 죄송해요, 웃어서……."

"이런 날씨가 아니라면 동요하는 일은 없는데 말이야, 평소에 걷는 정도는 아무렇지도 않아."

어째서 폭풍이 몰아치는 날에, 굳이 거칠어진 하전부지 따위에 다가갔던 것일까? 나는 그날부터 그것조차 떠올리지 못하고 있고, 자신도 어째서 그랬는지 대답을 발견하지 못하고 있었다.

다만…….

"그때. 구해준 어른들이 개를 구하려고 했던 게 아닐까 하는 이야기를 했었어.”

  몇 사람이 달려들어 구출되고, 다 죽어가던 나는 품에
새끼강아지를 품고 있어서, 구급차에 타도 절대 놓지 않
았다고 한다.

  “그 새끼강아지는…… 라이스의?”

  “그래, 엄마야. 라이스와 쏙 빼닮았었어.”

  휴대전화를 열고 사진을 보여주자, 그녀는 빤히 그걸 바
라보았다.

  “원래 버려진 개였던 모양이라, 데려가 줄 사람을 찾았
는데, 내가 입원하고 있는 사이에 부모님의 이혼이 결판
이 났어. 이사할 곳인 할아버지네 집이 단독 주택이니까,
그대로 같이 데리고 가기로 했었던 거야.”

  언급하고 싶지 않을 정도의 트라우마를 짊어지게 되었
지만, 그 사건이 없었더라면 나는 동물을 좋아하게 되지
못했을 테고, 이곳에 있는 라이스와도 만나지 못했을 것
이다.

  “그러니까 지금에 와서는 그때, 물에 빠져서 다행이라
고도 생각해.”

  이상한 소리 한다고 생각하지만 말이야, 라며 내가 웃
자, 미츠루는 같이 웃어주지 않고, 조용히 눈을 감았다.

"……그런가."

안도의 한숨을 쉬듯이 그녀는 말했다.

"그렇… 구나."

그리고 쓱 얼굴을 들어 올렸다.

"빵…… 이라고 부르는 거죠?"

"뭐?"

"빵, 라이스의… 엄마."

"미츠루……."

발밑에 다가온 라이스의 머리를 쓰다듬고, 녀석의 귀 뒤쪽 냄새를 맡던 그녀는 "응."하고 확신한 듯이 나에게 말했다.

"그리고, 카메 씨의 옛 성은, 이누카이 씨."

"왜…… 미츠루, 혹시."

설마…… 라고 생각하고, 가슴이 뜨거워졌다.

"……떠올랐어?"

그러나──.

그녀는 그걸 부정하고 고개를 가로저었다.

나는 갑자기 얼굴을 얻어맞은 듯한 기묘한 표정을 지었을 것이다.

라이스의 엄마 이름은 빵.

내가 중학교까지 대던 성은 이누카이.

그야말로 그렇다.

하지만 기억을 떠올리지 못했다면 미츠루는 어째서 그런 정보를 알 수 있는 거지? 그도 그럴 게 나는, 지금의 그녀에게는 그 이야기를 한 번도 한 적이 없다.

지금의 그녀는——그런 사실을 알 수 있을 리가 없는데.

어째서.

"카메 씨, 저기…… 저, 지금부터 조금 이상한 이야기를 할 텐데요…… 들어주시겠어요?"

미츠루는 배 앞에 깍지를 끼고는 말했다.

"저…… 계속 위화감을 느꼈었어요."

"위화감……?"

"처음에, 당신과 만났을 때부터. 그래요, 사귀고 있었다면, 이런 감각은 이상하지 않다고 생각했던 거예요. 저는 이 사람을, 분명히 알고 있다고요."

"……응."

"하지만 저는 그 감각을 좀처럼 받아들일 수 없었어요. 이 사람을 좋아하게 된 것은 틀림없는 사실이라고 머리로는 알고 있을 텐데, 마음속 깊은 곳에서 걸리는 일이 있었어요."

그게 뭔지, 나는 금방 눈치챘다.

"그래요, 카메 씨도 아시는 대로, 저, 한번 정한 일에 대해서는 관철하고, 완고하니까요. 실례가 되는 말을 하자면, 어째서 이 사람을 좋아하게 되었을까 하고…… 의문만 있었어요. 뭔가 겹쳐 보인 게 있다고 생각했지만. 전혀 닮지도 않았고. 3년 전의 자신이 뭘 생각하고 있었는지 더욱 이해할 수 없게 되어서."

그녀가 무슨 말을 하고 있는지 나는 잘 알 수 없었다.

"하지만, 힌트는 구석구석에 있었던 거네요. 제가 가지고 있는 기억과 카메 씨의 기억, 그리고 라이스."

말을 하면서 자신의 안에서 뭔가가 조립되고, 해명되고 있는 듯이 보였다.

이런 일을 어떻게 설명할 수 있을까? 사실은 착각이 아닐까 생각했다. 그렇지만, 이게 진실이라고 믿고——.

"서로 정답과 맞춰 볼까요?"

완성된 퍼즐을 보여주는 듯이 미츠루는 부드럽게 미소 지었다.

"저도, 초등학교 5학년 때. 이 강에 떨어져서 빠진 적이 있어요. ——폭풍이 치는 날에."

"뭐……."

"바보라고 생각하시겠죠. 굳이 그런 폭풍이 치는 날에 거칠게 날뛰는 강에 다가가다니. 하지만 꼭 가야만 했었어요. 그 무렵, 저는 이 다리 밑에서, 버려진 개를 몰래 돌보고 있어서, 그 아이를 구하러 오지 않을 수 없었던 거예요. 위험했었죠, 조금만 더 있으면 탁류에 삼켜질 곳에서 저는 그 아이를 껴안고, 왔던 길을 되돌아가려고 했어요. 하지만 둑을 다 올라오기 전에, 폭우와 흐르는 물로 미끄러워진 발판이 무너져서――."

"그래서, 강에."

"예, 그때, 같이 있어 준 중학생 오빠가 손을 뻗어서 끌어올리려고 해줬던 거예요. 하지만 어른도 아닌 두 사람의 힘으로는 어떻게도 할 수 없어서……, 같이 격류 안으로 내던져졌어요. 지금도…… 그때의 공포를 확실히 기억해요, 헤엄친다든지, 뭔가 붙잡는다든지, 그런 것을 전혀 할 수 없어서. 고함을 지르려고 해도 입안에 강물이 들어와서, 괴롭고, 아아, 이대로 죽어버리겠구나, 생각했었어요. 그랬더니 그 오빠가 엄청난 힘으로 나만을 얕은 장소로 밀어 올리더니, 강가의 끄트머리를 잡게 해줬던 거예요. 바로 어른들의 손이 뻗어 와서, 나는 끌어 올려 졌어요. 하지만, 돌아봤더니 이미 오빠의 모습은 사라진 상태여서……. 그 뒤로 숨 쉴 틈도 없이 병원으로 옮겨지고, 한동안 가족과 주변 사람들이 연이어서, 구출되어서 다행이야, 정말 다행이야, 라고 빈번하게 말하게 되었어요. 하지만, 아무도 오빠의 일을 이야기해주지 않아서, ……몇 번이고 그 일을 물어보려고 했었어요. 하지만, 확인하기가 무서워서, 도저히 물어볼 수 없었죠. ……계속…… 계속 그날부터 잊을 수 없었어요. 잊은 적이 없었어요."

말을 끝내고 호흡을 가다듬더니 미츠루는 이렇게 말했다.

"카메 씨…… 있잖아요, 기억이 나지 않으세요?"

──역시, 기억하지 못하시네요.

그 말을, 나는 전에도, 들은 적이 있다.

──무슨 이야기야?
──아뇨, 아무것도 아니에요…….

나와 미츠루, 라이스 셋이 하천부지를 산책하던 때.
그녀가 갑자기 멈춰 서서, 그렇게 말했었다.

나는 그때, 이상한 듯이 몇 번이고 물었지만, 대답해주지 않았었다.

──괜찮아요. 카메 씨가 제대로 살아서, 여기 있어 준다면. 저는 그것만으로 행복하니까요.

그런 이야기를 하고, 노을 진 하늘 먼 곳을 바라보는 미츠루의 옆얼굴은, 왠지 무척 쓸쓸해 보였던 것이 지금도 기억이 난다.

모르겠다.

뭘까…… 이 몸에 느낀 적 없는 감각은.

절대 예쁘다고 말할 수 없는 이 광경이 뭔가와 희미하게 겹쳐지려고 했다.

기시감…… 이라고 말해도 좋을까?

불확실한 것을 확실한 것으로 바꾸려고 눈에 힘을 주고 봤지만, 아무래도 확실히 잡을 수가 없었다.

심장이 두근거리기 시작하고, 춥지도 않았는데 닭살이 돋았다.

지끈지끈한 통증이 관자놀이에서 뒤통수까지 전달되어

가고, 목이 말랐다.

　표정을 굳힌 나와 대조적으로, 미츠루는 무척 온화한 표정을 짓고 있었다.

　그리고…… 한 걸음 다가오더니 그녀는 내 귓가에 양손을 뻗어 쓰고 있던 안경을 살짝 올려 벗기고는 그것을 자신의 귀에 걸었다.

　풀 프레임의 안경은 얼굴이 작은 그녀가 쓰니 한층 더 눈에 띄어 보였다.

　앞에서 불어온 강풍이 다리 아래를 스치고 지나갔다.

　그때 그녀의 짧은 머리카락을 낚아챘다.

　"……!"


　들어갈 장소를 찾고 있던 조각이 딱 하니 있어야 할 장소로 들어갔다.

　그 느낌이 내 안에 침투하는 것과 동시에, 지금까지 떠올리려고 애쓸 때마다 마주하기를 피해왔던 트라우마가 노도처럼 일시에 되살아났다.


　탁한 강 속. 손을 뻗어도 뻗어도 허공만이 잡힌다. 격렬한 물의 흐름 속에서 시야가 난폭하게 회전했다.

몇 번이고 외쳤다.

그래도 비명은 전부 삼켜지고, 입안에는 맛본 적도 없는 비릿한 흙탕물이 들어오고, 목 안으로 떨어졌다.

나도 모르게 기침을 했지만 편해지지 않고, 몸은 가라앉고, 괴로움이 1초마다 더해져 갔다. 거스를 수가 없다. 당하는 대로 끌려가 점점 의식을 빼앗긴다.

누가, 누가……!

죽어, 죽겠어…… 이대로는 죽을 거야…….

싫어, 싫어.

죽고 싶지 않아──.


차갑고 새카만 공포가 머리에서 내려와 온몸으로 회전한다. 호흡이 흐트러진다.

그래도, 나는, 의식을 집중해서 단숨에 손을 더듬었다.

지금까지 완고하게 잊고 있으려고 했었던.

고통의 바닥에 있는, 기억을──.


"……네 강아지?"


중학교 1학년의 초여름.

기록적인 호우가 계속되었다. 그 무렵, 학생들에게 바로 귀가하도록 설득하는 프린트가 잔뜩 배부되었다.

보호자와 학교 측에서의 압력이 대단해서, 학생들은 대다수가 방과 후에 남지 않고 곧바로 집으로 돌아갔지만, 나는 그럴 수도 없었다.

맑든 흐리든, 비가 펑펑 쏟아지든 바로 돌아간다니 말도 안 되는 소리다.

집에 돌아가고 싶지 않다. 등교에서 하교까지, 항상 그 생각만을 하고 있었다.

집에 돌아가면 어머니의 한숨이 일단 나를 맞이한다. 그리고 아버지의 귀가 시간이 되면, 최악의 시간이 잠들 때까지 계속된다.

돈──그 여자──이혼 신청서──이제 참을 수 없어──적당히 해──시끄러워──닥쳐──.

매일 밤 계속되는 부모의 말다툼은 날을 거듭하면서 더욱더 치열해지고, 나이프처럼 날카롭고 더러운 말은 이불 속까지 닿았다. 원만하던 가족의 모습이 이젠 희미하게만 떠오를 정도로, 부모님의 싸우는 모습이 나는 이미 익숙해지고 말았다.

5살 차이 나는 누나는 이 일에 관해서 간섭할 마음이 털

끝만치도 없고, 이미 예전에 혼자 감정 정리를 끝낸 모양이지만. 나는 아직 그렇게까지 어른이 되지 못했고, 말다툼, 때로는 폭력이 섞인 두 사람의 다툼을 숨어서 보면서, 어떻게 하면 되돌아갈 수 있을까? 어떻게 하면 이대로 망가지지 않고 해결할 수 있을까? 필사적으로 모색했다.

무리다——라고 포기했던 것은, 딱 한 번 용기를 내서 아버지 앞을 가로막았을 때였다.

흥분한 아버지는 열이 식지 않았고, 감정에 몸을 맡겨 아들인 내 뺨에 주먹을 내질렀다.

어머니의 절규가 천장까지 튀어 오르고, 나도 울었다. 부조리한 이유로 아버지에게 처음 맞은 충격은 지금까지의 신뢰에 가볍게 금을 냈다.

그리고 깨달았다.

아아, 이제, 이건 무슨 짓을 해도 소용없겠구나.

돌아갈 장소였던 집은, 이제 가장 피하고 싶은 장소로 변해버렸다.


우울한 나날, 우산도 들지 않고, 학교에서 준 프린트를 무시하고 정처 없이 방황하던 방과 후.

친구는 있었지만, 어떤 날을 경계로 아무래도 좋은 대

화에 바보처럼 웃는 그들이 갑자기 증오스러워서 참을 수 없었기에, 싸운 것도 아니지만, 내가 그다지 대화를 하지 않게 되고 침묵하는 횟수가 늘어나자, 다들 시시한 녀석이라고 생각했는지, 자연스럽게 멀어지게 되었다.

이런 괴로움, 누구한테도 이야기할 수 있을 리가 없다. 이해할 수 있을 리 없다. 그렇다면 차라리 혼자가 좋다. 그게 상대도 나도 편할 것이다.

고함도 폭언도 들리지 않는, 하여간 아무도 없는 장소로 가고 싶었다. 아무도 없는, 어둡고 조용한 장소에.

무거운 몸을 질질 끌고, 유령처럼 거리를 배회하다가 도착한 곳이, 집과 정반대 위치에 있는 하천부지의 축축한 다리 아래였다.

어둡고, 동굴 같은 그곳은, 내가 고독에 잠기기에 딱 맞는 장소라고 생각되었지만.

겨우 발견한 날개를 쉴 장소에는 선객이 있었다.

생후 2개월 정도 되는 흰색과 검은색 투톤 컬러의 새끼 강아지를 품은, 책가방을 등에 멘 여자아이.

작은 얼굴에 눈에 띄게 큰 풀 프레임 안경을 쓰고, 조금 연약해 보이는 듯한, 낯선 아이였다.

당연하다, 이곳은 우리 집에서 상당히 떨어져 있으니까.

죽은 사람 같은 표정을 지었을 나를 보고, 웅크리고 있던 그녀는 허둥지둥 일어서서 한 걸음 물러났다.

갑자기 낯선 남자 중학생이 비를 피하던 장소에 들어왔으니 놀라는 것도 무리는 아니다.

나는 그녀가 울음을 터트리기 전에 그곳을 떠나려고 했다.

"비…… 지금 엄청 와요."

그러나 그녀는 나가려는 나를 떨리는 목소리로 멈춰 세웠다.

"우산, 없어요?"

자신이 가지고 있던 하늘색의 우산으로 시선을 떨어트리고 다시 나에게 물었다.

나는 그때 미소를 띠었으면 좋았을 텐데, 마지막에 웃은 날이 언제였는지 떠올리지 못할 정도로 미소와는 인연이 없는 생활을 지나치게 오래 보낸 탓에, 웃는 것은 포기하고 대신에 가능한 한 상냥한 목소리로, 질문에 어울리지 않는 질문을 되돌려주었다.

"……네 강아지?"

휙휙 고개를 저었다.

아아, 대충 알겠다. 그런 일이구나.

"기를 거야······?"

"집, 단독 주택이긴 한데······ 아빠가, 개 알레르기라서."

그건 어쩔 수 없겠다고 나는 동정의 눈빛을 보냈다.

"그러니까, 여기서 돌보고 있어요."

그녀는 그렇게 말하고는 짊어진 가방에서 급식 빵의 남은 것을 꺼내, 새끼강아지 옆에 있던 상자 안으로 내려놓았다.

새끼강아지는 기쁜 듯이 달려들어서, 주어진 빵조각을 먹었다.

꼬리를 마구 흔들고, 순식간에 버터롤 한 개를 다 해치웠다.

나는 그녀와 개에게 천천히 다가가 웅크려 앉았다.

"굉장히 잘 먹네. 수컷······?"

"여자아이예요."

그녀는 미소를 보였지만, 나는 그래도 웃지 않았다.

"이름, 있어?"

"빵······, 빵이에요."

"빵을 무척 좋아해서 그렇구나."

"그래요."

그녀가 더 활짝 웃으면서 돌아보았다.

빗속에서도 예쁘게 핀, 따뜻한 미소라고 생각했다.

"몇 학년……?"

"5학년이에요…….."

"그렇구나…… 이름, 물어봐도 괜찮아?"

"츠루기…….."

"……츠루기?"

이상한 이름이다.

"저기…… 부모님이, 이름, 말하면 안 된다고 하셔서, 성뿐이라면."

말하기 미안한 듯이, 그녀는 옷에 달려 있던 명찰을 원피스 주머니에 쑤셔 넣었다.

그건 그렇지. 모르는 사람인걸.

그때, 나는 아주 살짝 미소를 되찾을 수 있을 것 같았다.

"오빠는?"

"응?"

"오빠의 성."

"아아, 나는……, 이누카이…… 라고 해."


떠오른 것은 여기까지다.

그렇다고 해도, 충분했다.

그도 그럴 게 지금, 모든 것이 연결되었으니까.


눈앞의 앳된 그녀와 기억 속 소녀의 모습이 완전히 일치했다.

그녀뿐이 아니다.

나도 그랬다.

그녀를, 지금까지 계속, 잊어버렸었다.


"저, 어린 시절에 당신과 만났던 거네요. 제대로 기억하고 있어요. 우리는 사이가 좋아져서, 빵을 돌보기 위해서 몇 번이고 이 다리 아래에서 만나게 되었어요. 오랜 시간은 아니었지만, 서로에 관해 이야기했어요. 당신은 눈치채지 못했을지도 모르지만, 저는…… 그때 처음으로 사람을 좋아하게 되었어요. 항상 슬픈듯하고, 좀처럼 웃지 않았지만, 그래도 상냥했던, 당신을."

계속 이대로, 만날 수 있는 날이 계속되면 좋겠다. 그렇게 생각하던 참에 접근해온 대형 태풍이 도내를 관통했다.

그녀와 나는 새끼강아지를 걱정해서 범람 직전의 하천

부지로 서둘러 달려가, 구출을 시도했다.

미쳐 날뛰는 탁류 속에 떨어진 것은 그 직후였다.

"당신이 없었다면, 그때, 저는 혼자 물에 빠져서 죽었어요. 지금의 내가 있는 것은, 카메 씨가, 그날 옆에 있어 줬기 때문에."

미츠루의 표정이 기쁜 듯이 밝아졌다.

"구출 받은 뒤에, 다른 사람에게 묻는 게 무서워서, 제가 직접 확인해 보려고 했던 거예요. 분명히 살아 있어, 죽지 않았다고…… 계속 찾았어요. 하지만 만날 수 있을 리가 없었던 거네요. 그도 그럴 게 당신은 이 거리에서 사라졌고, 이누카이 씨에서 카메이도 씨가 되어 있었으니까……."

지금이라면 모든 것이 이해가 된다며, 그녀는 눈을 감았다.

"3년 전의 저는, 눈치챘던 거예요. 카메 씨가, 그때의 당신이었다는 사실을……."

나도 지금이라면 안다. 그녀가 항상 뭔가 말하고 싶어하는 표정을 지었던 게 어째서인지.

어린 시절 자신의 추억을, 내가 떠올려줬으면 했던 것이다.

말을 해서 전달하기는 간단했을 것이다. 하지만 그녀가 그러지 않았던 건.

"당신이 그때의 기억을 트라우마로 잊고 있었으니까…… 억지로 떠올리게 하거나, 괴롭게 하고 싶지 않아서, 저는 이야기를 하지 않았던 거네요. ……그도 그럴게, 다른 누구보다도 소중한 사람이니까."

그래서 하다못해, 언젠가 떠올릴 것을 믿고, 하천부지를 같이 걸어주었던 것이다.

"저희는, 서로 같은 생각을 했던 거네요."

차가운 손끝이 내 뺨을 만졌다.

"……겨우 알았어요."

좋아하려고 노력할 필요도, 어째서 좋아하게 되었는지 떠올릴 필요도 없었다. 그도 그럴 게 처음부터 미츠루는 좋아하게 된 상대를 선택했던 거니까.

"……다행이다."

그녀의 눈두덩이에서, 눈가에서, 아름답고 투명한 눈물이 흘러넘치더니, 뚝뚝 떨어지기 시작했다.

"다행이야… 흑… 살아있어 줘서… 다행이야… 흑…… ."

닦으려고도 하지 않고 그녀는 미소를 보여주며 뺨을 적

셨다.

"다시 만날 수 있어서 다행이야… 당신에게… 발견될 수 있어서, 다행이야. 당신이었다고… 깨달아서 다행이야… 무엇보다… 내가 좋아하게 된 당신이, 나를 누구보다 좋아하게 되어서…… 다행이야──."

반복해서 말하고, 조용히 우는 그녀를 바라보던 나의 뺨에도, 그때──물방울이 흘러내렸다.

"그랬구나……."

내가 잃어버린 기억은, 미츠루가, 지니고 있어줬구나…….

그리고 그녀가 마음에 두던 만나지 못하게 되어버린 사람이라는 게──.

차가워진 그녀의 몸을, 깊이 껴안았다.

"미안……, 지금까지 눈치 못 채서."

정신을 들고 보니, 따뜻한 눈물이 계속해서 흘러넘치고 있었다.

미츠루가 기억을 잃고 나서, 그녀의 안에서 나는 사라져버렸다고 생각하고 있었다.

말로 하지 않아도 그것은 상상 이상의 고통으로, 몇 번이고 그날의 사건이 없었으면 얼마나 좋았을지, 마음속으로 끊임없이 생각한 적도 있었다.

하지만, 사실은 그렇지 않았다.

나는 그녀 안에서 사라져 버린 것이 아니다.

오히려 반대였다.

나는 계속 있었다. 그녀의 안에.

지금까지 계속, 내가 모르는 곳에서, 나는 그녀에게 사랑을 받았다.

내가 좋아하기 이전에, 그녀는 나를——.

한결같이 자신의 의지를 관철하던 그녀의 순수한 마음이, 아플 정도로 가슴에 틀어박히더니, 스며들며 번져갔다.

기쁘다든지, 그런 간단한 표현으로는 도저히 부족하다.

"고마워…… 나를, 잊지 않아줘서…… 기억해 줘서…… 흑……."

눈물을 떨어뜨리며 웃었다. 겨우 진심으로 웃은 것 같은 기분이 들었다.

"계속 나를 좋아 해줘서, 고마워…… 미츠루……."

나의 부족한 부분을 그녀가 '대답'으로써 채워주다니 생각도 못 했다. 계속 좋아해 준 그녀의 강한 마음과 내가 그녀를 다시 발견한 우연과도 같은 기적에 가슴 속이 격렬하게 요동치고, 그게 새로운 물방울이 되어 눈가를 뜨겁게 만들었다.

"지금이라면, 확실하게 말할 수 있어요. 저, 당신을 좋아해요……."

"응……."

"당신을 정말 좋아해요. 저를 좋아해 줘서, 다시 한 번 찾아 줘서, 정말 고마워요."

그녀가 어깨 위에서 속삭이자, 나는 다시 뺨이 젖었다.

빗소리도, 강 소리도, 이제 무섭게 느껴지지 않았다.

이윽고 시선이 하나가 되고, 맞물리지 않았던 지금까지의 시간을, 서로의 공백을 메우듯이, 우리는 살짝 젖은 입술을 맞대었다.


이 세계의 끝을 알리는 듯 하던 폭풍은 비구름을 한 조각도 남기지 않은 채 떠났고, 우천 중지가 우려되던 불꽃놀이 대회는 그 뒤에 예정대로 개최되었다.

구경꾼이 돌아온 하천부지의 다리 아래에서, 우리도 여름의 끝에 한순간만 피어오르는 꽃들을 나란히 바라보고 있었다.

아름답게 밤하늘을 수놓고, 사라져가는 다양한 색채에

푹 빠져 있는 미츠루의 옆얼굴을 문득 나는 훔쳐보았다.

그 시선을 깨달은 그녀가 내 쪽을 돌아보고, 밤하늘에서 내려오는 색채에 비친 미소가 확 빛났다.

아름다운 불꽃놀이다──.

그렇게 반사적으로 비유한 그 순간에, 떠올랐다.

그녀를 처음 좋아하게 된 이유, 불꽃놀이처럼 꽃피운 미소에 이끌렸기 때문이었다.

그 미소가, 계속 잊고 있던 어린 시절의 미소와 겹쳐지고.

그에 이끌리듯 나의 얼굴도 풀어졌다.

　푸르고 무성하던 나뭇잎들이 물들기 시작하고, 새털구름이 펼쳐지는 하늘에는 고추잠자리의 무리가 날아다닌다. 날이 가면 갈수록 가을의 기척으로 물들어가는 하천부지의 콘크리트길을, 우리는 정해진 것도 아닌데 왠지 자연스럽게 만들어진 대열로 가로질렀다.

　느슨하게 푼 목줄을 쥐고 힘차게 걸어가는 미츠루에게 '오늘은 어디 갈 거야? 어디? 어디?'라는 느낌으로 기대의 눈빛을 간헐적으로 보내는 라이스는 촐랑촐랑 성급하게 다리를 움직인다.

　나란히 걷는 두 사람을 나는 느긋하게 자신의 페이스를 유지한 움직임으로 따라갔다.

　"일, 최근에는 어때?"

　"예, 순조로워요. 접객에도 조금씩 나서게 해주고 있어요."

"그건 잘됐네."

그 뒤로 미츠루의 직장에도 변화가 생긴 모양이다. 새로운 점포로 떠나기 전에 누에가하라 씨가 본사에 사전 교섭해둔 것을 계기로, 충실하게 순회 점검과 개인 면담이 이루어지게 되었고, 그 결과, 본사의 감시를 두려워한 점장은 횡포를 부리던 태도를 개선한 모양이었다.

누에가하라 씨, 나를 마구 뒤흔들었지만, 마지막의 마지막에 생각지도 못한 어마어마한 사건을 일으켜 주었다. 진심이 아니었다고 말했지만, 사실은 그도 미츠루를…….

직접 화해할 수는 없었지만, 그것만은 조금 감사하고 싶다.

"그때의 약속, 지키고 있었네요."

길 도중에 발을 멈추고, 미츠루가 바람에 머리카락을 나부끼면서 돌아보았다.

"예전에 당신이 말해줬었어요. 이제 곧, 개를 키울 수 있게 될지도 모르니까, 부모님에게 부탁해보겠어. 그래서 만약 키울 수 있게 된다면, 다시 이 하천부지에서 놀자, 3명이 같이 산책을 하자, 반드시 같이 하자고 할 테니."

과연, 분명히, 제대로 나는 약속을 지켰다. 그렇다고는 해도 상당히 지각해버렸다.

"계속 기다리게 해서 미안……."

"아뇨, 맞이하러 와줘서 정말 기뻤어요. 그리고 빵을 맡아줘서, 키워줘서 고마워요."

미츠루가 귀여워하던 빵은 3년 전의 봄 그녀와 재회하기 조금 전에 노쇠로 이 세상을 떠났다. 분명히 빵은 죽기 전까지 미츠루를 잊지 않았을 것이다.

"하다못해, 마지막에는 만나게 해주고 싶었어."

"하지만, 라이스를 만나게 해줬어요."

웅크리고 앉은 미츠루가 껴안자 라이스는 기쁜 듯이 꼬리를 땅에 치더니 '좋지?'라며 나에게 해사한 표정을 보여주었다.

"빵은 많이 행복했겠죠."

"그랬다면 기쁘겠어."

"행복했어요. 그도 그럴 게 라이스도 이렇게 행복해 보이는 데다, 저도 그러니까요."

그렇게까지 말해주니 나도 행복했다.

"빵이 우리를 맺어준 걸지도 모르겠네."

"……그럴지도 모르겠네요."

이런 소리 하면 '실제로 만나게 해준 건 나야!'라며 다시 우사가 화를 낼 것 같은 기분이 든다. 그렇게 우리는 웃고, 지금까지의 모든 일을 되돌아보는 듯이 평온한 강의 흐름으로 시선을 옮겼다.

"많은 일이 있었네요."

"응, 서로의 일로 잔뜩 고민했어."

그 폭풍우 치던 밤의 비극에서, 잃은 것에 대한 한탄, 필사적으로 되찾으려고 애쓰고, 몇 번이고 멀리 돌아온 결과, 도착한 곳에서 우리를 기다리는 것은 믿을 수 없는 진실이었다.

"빵도 라이스도 우리도 전부, 처음부터 연결되어 있었던 거네요. 괴로웠던 일도, 10년 동안 당신을 포기하지 않았던 일도, 전혀 쓸모없는 게 아니었어요."

"그렇게 생각할 수 있다면, 이제 괜찮아."

"예."

우리는 서로의 기분, 걸어온 결과라는 대답을 이미 얻었다.

기억에 빠진 부분이 있다고 해도 앞으로 같이 보충해 갈 수 있다. 잃어버린 것들을 아쉬워할 필요 따위 없는 것이다.

그리고 또. 나는 미츠루를 돌아봤다.

"새삼스럽지만 들려주면 좋겠는데."

"네?"

"어째서 네가 나를 좋아하게 되었는지."

미츠루가 나를 좋아하게 된 이유를 확실하게 알려주지 않았던 것은, 나의 트라우마를 건드리고 싶지 않다는 상냥함 때문이었다.

트라우마를 극복한 지금이라면, 미츠루는 분명히 알려줄 수 있을 것이다.

그리고…… 혹시 언젠가 다시 잊어버릴 때가 갑자기 찾아올지도 몰랐다.

그러니까 이번에는 간단히 잊어버리지 않도록, 소중한 일은 제대로, 머리가 아니라 마음에 새겨두고 싶은 것이다.

"그러네요. 전할 수 있는 이야기는 전할 수 있을 때, 제대로 전달해둬야 하는 거겠네요."

그렇게 말했지만, 그래도 미츠루는 어깨를 움츠렸다.

"좀 마니악한 부분도 있으니 좀 식겁할지도 몰라요."

어딘가에서 들어본 대사다.

"괜찮아. 뭐든지 받아들여 볼 테니까."

들려줘──, 그렇게 내가 대답하자.

"쑥스럽네요."라고 그녀는 수줍어하면서 다시 걷기 시

작하고, 가을 냄새를 잔뜩 빨아들이며, 연애편지와도 같
은 10년 동안 쌓인 나에 대한 마음을 이야기하기 시작했
다.

"뺨…… 어떻게 된 거예요?"

질문하자, 그는 오른뺨을 덮고 있던 반창고에 손을 대고 다시 표정에 그늘이 깃들었다.

이야기하고 싶지 않은 일인 듯하다, 입을 꾹 다물었다.

하천부지의 다리 밑에서 버려진 개를 돌보기 시작하고 나서 만나게 된 그는, 항상 어딘지 모르게 쓸쓸해 보였다. 필요 이상으로는 절대 말을 하지 않고, 하여간 미소를 보여주지 않았다.

그러나 말이 없긴 해도 짓궂지는 않았고, 용돈으로 사료를 사서 새끼강아지에게 주기도 하고, 그녀에게 어두워지기 전에 돌아가도록 설득하기도 하고, 집 근처까지 배웅해 주기도 하는 등, 연하의 그녀를 그는 서툴게나마 배려해주었다.

이 사람은 사실은 무척 상냥한데, 지금은 도저히 웃을

수 없는 이유가 있다.

피곤한 마음을 이 다리 아래에서 쉬고 있다. 깊은 이야기를 하지 않았어도 항상 뭔가에게서 도망쳐온 듯한 모습으로 다리 아래로 찾아오는 그를 보고 그럴 것이라고 그녀는 느끼고 있었다.

오늘도 촉촉하고 조용하게 소나기가 내리는 중에, 그녀는 새끼강아지를 껴안고 흐린 하늘을 올려다보고 있고, 그는 다리 기둥에 기대어서, 때때로 가방 안에서 꺼낸 문고본 책을 읽으며, 시간이 지나가기를 기다렸다.

"아버지랑 어머니."

"네?"

"잘 지내…… 셔? 츠루기네는, 싸움 같은 거, 적어?"

"잘… 지내세요……. 싸움은, 있을지도 모르지만, 거의 본적이 없어요."

그녀가 대답하자 어째서 그런지 그의 눈동자 속이 한번 크게 흔들렸다.

"……그런가, ……그건, 좋은 일이야."

"오빠, 왜 그래요?"

"아니. 아버지와 어머니, 사이가 좋은 것은 무척 좋은 일이야…… 그게, 행복한 일이니까, 소중하게 여기는 게 좋을 거야."

——아니, 라고 그는 금방 철회했다.

"미안. 그렇게 설교하듯이 이야기할 생각은 아니었
어……."

그렇게 말하고 그의 눈이 가늘어지더니 번득 하늘을 올
려보았다. 눈물을 참고 있는 것이라고 그녀는 깨달았다.

그는 중학생이고, 자신은 아직 책가방을 등에 메고 있는
초등학생. 눈앞에서 운다니, 그런 일을 할 수 있을 리가
없다. 자신이었다면 부끄러워서 절대 그럴 수 없겠다고,
어린 나이에도 날카롭게 눈치채고, 그녀는 그에게 다가갔
다. 눈물을 흘릴 수 없다면, 그럼.

품 안에 안겨 있던 새끼강아지를 발돋움해서 높이 들어
올리고는, 그의 가슴에 밀어붙였다.

"어……."

"안아봐 주세요."

"아니…… 나는."

"됐으니까 안아 봐요."

억지로 안기자, 새끼강아지가 그의 품 안에서 발버둥 치
고, 당황한 그가 그 자리에 웅크리고 앉았다.

"개, 안아본 적이 없는데."

말 대로, 안는 방법이 서투르다.

그녀는 가는 팔을 뻗어서, 그를 도왔다.

"엉덩이 아래로 손을 넣어서, 이쪽 손으로 배를 지탱하는 거예요."

그의 손을 쥐고 유도하자, 그럴듯한 형태로 안정되었다.

"심장소리…… 빨라. 새끼강아지는 이렇게 따뜻하구나……."

처음 안은 생물의 온기에 눈을 크게 뜨고 그렇게 속삭이는 그. 그 턱을 할짝할짝 핥는 새끼강아지.

"이 녀석 얼굴, 생각보다 귀엽네……."

목소리 톤이 조금 올라갔다.

"동물은 말을 할 수 없지만, 인간에게는 없는 힘이 있어서, 보는 것만으로 왠지 기운이 나는 것 같지 않아요?"

"응…… 그건, 그럴지도."

컁, 하고 울더니 새끼강아지가 그의 뺨을 마구 핥았다. 그게 간지러웠는지 그는 얼굴을 돌렸다.

후훗, 하고 그때 그의 입가가 느슨해졌다.

"고마워, 츠루기."

그가 얼굴을 도로 돌렸다. 그때──그녀는 숨을 멈췄다.

완고하게 웃지 않았던 그의 표정이, 지금까지 본 적이 없는 상냥한 형태를 띠고 있었으니까.

차가운 심해에 빛이 쏟아지는 것 같은 미소——.


그렇구나.

이 사람은, 이런 식으로 웃는구나. 그렇게 생각한 순간.

느낀 적이 없었던 특별한 감정이, 그녀의 안에서 싹을 틔웠다.


– 끝 –

나는 너에게 10년 치의 『　　』을 전하고 싶어

초판 1쇄 ㅣ 2019년 10월 24일
초판 7쇄 ㅣ 2023년 12월 20일

**지은이** 아마노 아타루 ㅣ **옮긴이** 구자용
**펴낸이** 서인석 ㅣ **펴낸곳** 제우미디어 ㅣ **출판등록** 제 3-429호
**등록일자** 1992년 8월 17일 ㅣ **주소** 서울시 마포구 독막로 76-1 한주빌딩 5층
**전화** 02-3142-6845 ㅣ **팩스** 02-3142-0075 ㅣ **홈페이지** www.jeumedia.com

ISBN  978-89-5952-826-4
*파본은 구입하신 서점에서 교환해 드립니다.

**제우미디어 네이버포스트** post.naver.com/jeumediablog
**제우미디어 페이스북** facebook.com/jeumedia
**제우미디어 트위터** twitter.com/Jeumedia

**만든 사람들**
**출판사업부 총괄** 손대현 ㅣ **편집장** 전태준
**책임편집** 박건우 ㅣ **기획** 홍지영, 장윤선, 안재욱, 조병준, 성건우, 서민성, 오사랑
**디자인 총괄** 디자인그룹 헌드레드 ㅣ **제작, 영업** 김금남, 권혁진